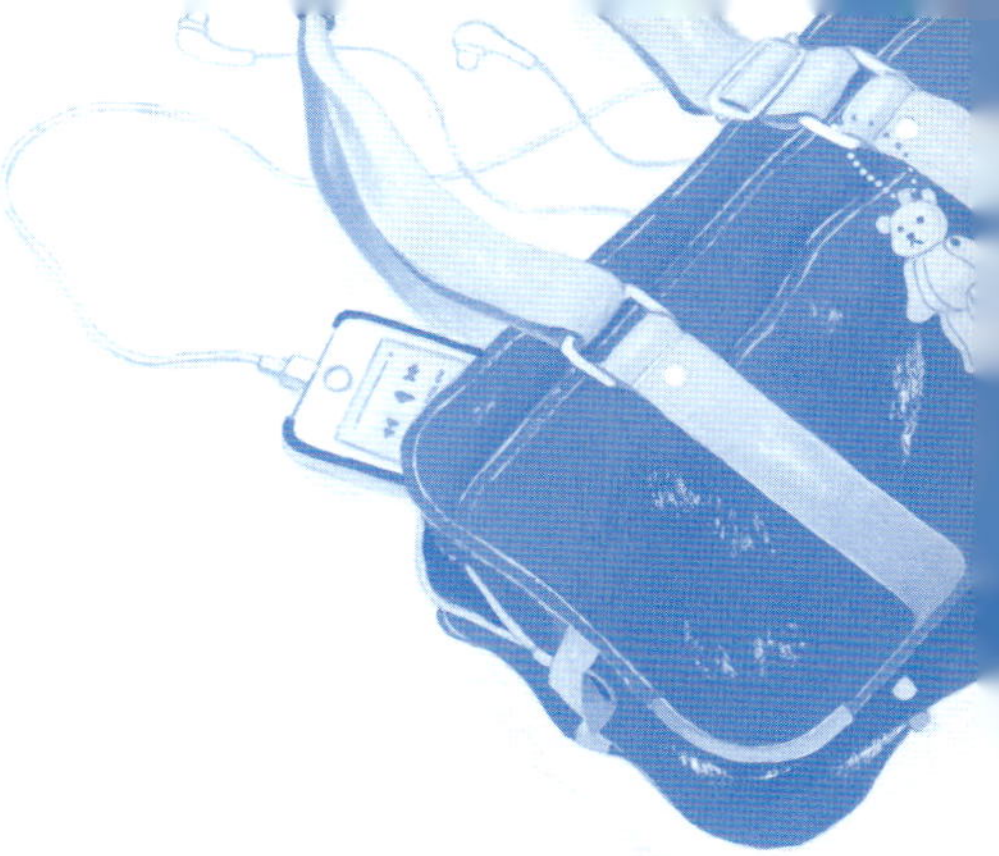

あたしたち、海へ

井上荒野

新潮社

あたしたち、海へ

装画　合田里美
装幀　新潮社装幀室

1　有夢と瑤子

リンド・リンディは鸚鵡《おうむ》に囲まれて笑っている。

大笑い、と言っていい笑いかただ。

背景は植物の緑。鸚鵡は頭から体の半分までが赤で、羽は黄色から青のグラデーション。極彩色の木の実みたいに、枝に鈴なりになっている。とても美しいカバージャケット。

「ペルー」は、リンド・リンディの最新アルバムだ。カバーの撮影は、ペルーの有名な国立公園で行われた。

彼の最後のアルバムでもある。アルバムが発表された約一ヶ月後に、リンド・リンディは死んだ。脳腫瘍だった。病気のことは死後に公表されたが、もちろんリンド・リンディは、「ペルー」が最後の録音になるとわかっていた。

空間を生命力で塗りつぶすみたいな濃い緑。能天気に鮮やかな鸚鵡たち。鸚鵡の頭と同じ赤の革ジャンを着て、いつもの細いデニムを穿いて、顔の半分を口にして笑っているリンド・リンディ。

カバージャケットはネットでダウンロードできて、ポスターサイズにも印刷できる。有夢《ゆむ》も瑤《よう》子《こ》も当然そうした。ふたりはそれぞれの家の、それぞれの部屋にそれを貼った。有夢は勉強机の横の壁に。瑶子はベッドから見上げる天井に。もうひとつの窓みたいに。

海《うみ》はどこに貼っているだろう。それとももうリンド・リンディを聴くこともないのだろうか。ふたりは口に出さずに、それぞれの胸の中でそう思った。


約束は午前九時。

有夢が自転車のロックを外したところで、隣の家から瑶子が出てきた。遅いっ。すかさず有夢は言う。微々たる差でも、先に家を出たほうが言っていい決まりだ。

示し合わせたわけではないが、ふたりともショートパンツを穿き、上はTシャツ。有夢は緑で、瑶子は黒。その上に有夢はグレイのパーカ、瑶子はチェックのシャツを羽織っている。有夢は大柄でぽっちゃりで、瑶子は縦も横も、顔も小さい。

「これマジでかぶるの？」

瑶子は片手にぶら下げた蛍光ピンクのヘルメットを揺らして言う。かぶるために買ったんじゃん。有夢は自分の蛍光ブルーのヘルメットをかぶりながら答えた。今日のために、連休初日にふたりでサイクルショップへ行って買ったのだった。定価五千円が見切り品で半額になっていた。きゃあきゃあ騒ぎながら選んでいたら、「仲いいね」とイケメンの店員に言われた（そのあとに「でももうちょっと静かにしてね」と続いたのだが）。実際のところ、ふたりはとても仲がいい。なにしろ六歳からの付き合いなのだ。

ヘルメットのストラップを締める前に、スマートフォンと繋がったイヤフォンを装着した。ふたりほぼ同時にそうしたことに気がついて、顔を見合わせてにやりと笑い、イヤフォンを交換した。相手のスマートフォンから聞こえてくるのはリンド・リンディ。アルバム三曲目に入っているタイトル・ナンバー「ペルー」であることまで同じだった。

「ペル〜〜〜〜」

ふたりはサビの部分を歌った。それもほとんど同時だった。歌えるのはサビの「ペル〜〜〜〜」だけというのも同じだ。リンド・リンディはラテン系のアメリカ人で、これまで歌詞はすべて英語だったが、「ペルー」だけはスペイン語で歌われている。

ふたりは自転車を漕ぎだした。このクロスバイクも一緒に買いに行ったのだった。そのときは三人だった。瑶子、有夢、それに海。

私立中学に合格できたらお祝いに通学用の自転車を買ってもらう約束を、それぞれの親としていた。三人一緒の学校を受験して、三人とも合格したのだ。

建売住宅は川に沿って連なっている。ピンクベージュの壁、レンガを模したアクセントの柱、川に面した小さなテラスを備えた、２ＤＫから３ＤＫの二階屋の連なり。八年前、この住宅街ができて間もなく、瑶子、有夢、海のそれぞれの一家は引っ越してきた。同い年の三人は小学校のときからいつも一緒だった。同じ公立小学校に通い、同じ中学を目指した。

瑶子と有夢の家は隣り合っていて、海の家は住宅街の東の端にあった。その家の前をふたりは走り抜ける。去年の暮れから空き家になっている海の家は、まだ売れていない。赤地に黄色い文字の「売家」の看板の下に、ピンク色のバラが雑草みたいに咲きくるっている。

川からそれて、もうひとつの大きな川に出る。

この川を上っていく。今日は片道二十キロの行程だ。瑤子は当然電車で行くと思っていたのだが、チャリで行こうよと有夢が言った。せっかくゴールデンウィークなんだし。電車なんてつまんないよ。往復四十キロなんて走れるんだろうかと瑤子は思ったが、同意した。電車は乗れば自動的に運ばれて着いてしまう。だとすれば、自転車のほうがマシに思える。きっと有夢もそう考えたのだろう。

この川に沿って、目的地の近くまでサイクリングロードが通じている（と、有夢が言った。ルートのことは、瑤子は有夢にまかせきっている）。連休の中日で、すでにかなりの数のスポーツバイクが走っていた。多くはロードバイクで、ぴったりしたサイクルウェアに身を包み、もちろんヘルメットをかぶり、サングラスも装着した男のひとたちが乗っている。ほら、あたしたちのヘルメットなんて全然目立たないよと有夢は言ったが、いや逆に目立つよ、と瑤子は思った。といっても、並んでのろのろ走るふたりの女子中学生を邪魔そうにはしても注目するようなライダーはいなかったが。川を泳ぐ魚みたいな動きで、するすると追い越し、あっという間に走り去っていく。ときどき女のひともいた。

「どこに行くんだろうね、あのひとたち」

瑤子はなんとなく呟いた。

「H町じゃない？」

今日のふたりの目的地を有夢は言った。

「かもね」

瑶子はかるく受け流す。ペルーじゃない？　と言ってみようかと、ちょっと考えた。きっと有夢も同じことを考えているだろう。

でも言わなかった。ペルーのことは軽々しく口にしてはいけないのか、それとも逆にどんどん口にしたほうがいいのか、ふたりともまだよくわからない。

よく晴れた日だった。ちょっと晴れすぎかもしれない。次第に気温が上がって、ヘルメット越しにジリジリ焼かれる具合になってきた。出発から約三十分で最初の休憩をとった。土手の木陰に座り、家から持ってきたペットボトルの水をごくごくと飲む。

「あと何キロ」

「聞かないほうがいいと思うよ」

有夢が答える。瑶子は草の上にばさりと仰向けになった。

「もう疲れた」

「うん、疲れたたね」

有夢は座ったままで答える。

「やめよっか、行くの」

瑶子は小さな声でそう言ってみる。

「そうだね、やめよっか」

有夢もそう答える。

少し離れたところに木製のテーブルとベンチがあって、おじいさんふたりが将棋を指している。有夢と瑤子の存在にはまったく影響を及ぼされない様子で、将棋盤に集中している。片方の、ほとんどスキンヘッドに近いおじいさんの額に、頭上の木の葉の影が落ちている。あのひとたちになりたい。有夢と瑤子はそれぞれ口には出さずに、熱烈にそう思う。

立ち上がって自転車に跨ると、ふたりは何も言わずに再びイヤフォンを装着し、H町に向かって走り出す。


そのあとも休み休み行き、川からそれたあとはさんざん道に迷いもしたので、H町に着いたときには正午に近かった。

山に囲まれた町だった。だからといって藁葺き屋根の家があるわけでもない。牛や馬がいるでも、水車が回っているでもない。だだっ広い、できたばかりみたいな道路に沿って、ふたりの家とさほど変わらないような住宅がぽつりぽつりと建っている。東京の端の町。なにもないような町。

海の引っ越し先がこの町だった。ふたりが今日来ることを、海は知らない。自分がH町にいることをふたりが知っているとも思っていないだろう。住所は瑤子が、母親が走り書きしたメモを見つけて知った。引っ越しは突然で、挨拶も何もなしに海とその母親は出て行ったのだが、やり残した手続きとか何やかやで同じ住宅地だった誰かに連絡する必要ができて、そのときに住所も明かしたらしい。海の母親は行動力があるひとだが、何もかもわかっているわけではなかったのだろう。というか、海が母親に言わないことは多かったのだろう。

瑶子は走り書きを書き写した――もちろん、母親には気づかれないように。そのメモはショートパンツの左ポケットに入っている。H町を自転車で走っていると、そこがジワジワ熱くなってくるような気がする。

「とにかくなんか食べようよ。へとへとだし、お腹ペコペコ」

その熱さのことは考えないようにして、瑶子は言った。

「何食べる」

「なんかこう……名物っぽいもの？」

「わかった。今探す」

小さな公園があったので、そこで自転車を降り、パンダと象の遊具にそれぞれ腰掛けて、有夢がスマートフォンを操作した。

「ファミレスしか出てこないよ」

「いいよファミレスで」

「ファミレスに名物はないっしょ。駅のほうに行けばなんかあるかも」

それで、駅のほうへ行ってみた。べつに名物じゃなくたってかまわないことは、有夢もわかっているだろうと瑶子は思う。ただ、時間を引き延ばしているだけなのだ。

お腹は実際空いているけれど、何か食べたいという気がしない。空っぽの胃袋が、他人のものであるような感じがする。こんな奇妙な状態に人間はなるものだということは、去年までは知らなかった。

駅前には、やっているのかいないのかわからないような商店が、やはりぽつりぽつりとあるだけだった。飲食店で営業中の札が出ていて、ふたりがドキドキせずに入れそうなのはうどん屋だけだったので、そこに入った。中は薄暗く、中年の男女が向かい合っているほかに客はいなかった。その男女からなるべく離れたテーブルにふたりは着いた。ピントのぼけた写真が載った品書きをめくっていると、それぞれのポケットの中で、ラインの着信音が響いた。

顔を見合わせ、瑤子がポケットからスマートフォンを取り出した。ルエカが、スパゲッティナポリタンの写真を送ってきている。見ているうちにも、「おいしそ！」「やばい！」「どこ？」といったメッセージが連なる。瑤子は「食べたい～」と送った。少し間を空けて有夢も、よだれを垂らしている子豚のスタンプを。クラス内のグループラインなのだ。

「もうちょっとなんか書いたほうがいいかな」

有夢が聞く。

「なんかって？」

「だから……H町に来てます、とか」

瑤子はしばらく考えた――有夢を睨みながら。

「なんであたしのこと睨むわけ」

「……書かないほうがいいと思う。それで盛り上がっちゃうかもしれないし。またいろいろ言ってくるかもしれないし」

「だね」

スマートフォンをポケットに戻したとき、家事の途中で子供に呼ばれたみたいな顔をしたおばさんがようやく出てきて、有夢は天丼とミニうどんのセット、瑤子はかつ丼を注文した。びっくりするほどの早さで運ばれてきたものを、ふたりは黙々と食べた。味について有夢はとくに感想はなかったけれど、瑤子の気分がみるみる落ちていくのがわかった。箸の動きも遅くなっている。瑤子は食べることにうるさくて、おいしくないと不機嫌になる。もちろん今日はそもそも上機嫌であるはずもないけれど、今は黒い雲がみっしりと瑤子の上を覆っている感じだ。

「ていうか、全然名物っぽいもの食べてないね、あたしたち」

有夢はそう言ってみた。

「このとんかつ、ふるい油揚げみたいな味がする」

瑤子は暗い目を上げてそう答えた。

「ふーん、ふるい油揚げなんて食べたことあるの」

瑤子はふくれっ面で黙り込んだ。箸はまだ動いているが、口に運ぶよりも丼の中をつつき回しているときのほうが多い。

「だからかつ丼なんてリスキーなものを選ぶからじゃん」

黙っているのがいやだから有夢は言う。すると瑤子は「有夢のせいだよ」と言った。

「そうきましたか。あたしのせいですか。あたしがかつ丼超おすすめって言いましたか」

「ここに来たことだよ。有夢が悪いんじゃん。海の住所がわかったなんて、有夢がルエカたちに言うから……」

「意味わかんない」

有夢は叫んだ。自分で意図したよりもずっと大きな声が出た。中年の男女が振り返り、薄笑いを浮かべてから顔を戻した。笑ってろ。有夢は敵意を燃やしながら思う。世界中のすべてのひと——自分と瑤子、それに海以外のすべての人間が敵に思える瞬間が、またやってくる。

「しょうがないじゃん。知らないなんておかしいよって言われたんだからさ。だいたい、わざわざメモしてきたのは瑤子じゃん。ルエカたちに教えるためにメモしたんでしょ？　違う？」

違うよ、と瑤子は小さな声で言う。

「違わないよ。海の引越し先、調べないと許してもらえないから、調べたんでしょ。海のお母さんからうちに電話があったみたいって、瑤子喜んでたじゃん。住所ゲットしたって。あたしがルエカに言わなかったら瑤子が言ってたでしょ。そうでしょ？」

瑤子はしばらくの間、有夢を睨みつけて黙っていた。それから「そうだよ」と言った。

「でも喜んでなんかいなかった」

有夢は頷いた。

「うん、そうだね。喜んではいなかった」

ふたりとも食べることに戻った。有夢はもちろん、瑤子も全部残さず食べた。食べ終わってしまえば、海の家を探しに行かなければならないから。

うどん屋を出る前に、有夢がスマートフォンの地図アプリを開いて瑶子に見せた。事前に住所を入力してあったらしい海の自宅が、赤いマークで示されている。線路を挟んで、今、ふたりがいる場所の反対側だった。地図を見るのが苦手な瑶子にも、遠くない、ということがわかった。それに、行くよりほかの選択肢はない、ということも。

「地図アプリとか、誰が発明したのかね」

「タイムマシンがあったらそいつ殺しに行きたいね」

「てか、殺すならスマホ作ったひとでしょう」

「それって誰だっけ、なんか黒い服着てるひとだよね。なんとかジョブズ」

「ジョブズはずいぶん前に死んだ気がする」

「マジ？　じゃあ文句言えないじゃん」

「どっちみち外人だし。日本語通じないから」

口に出せることだけを言い合いながら走る。道の先に大きな古い平屋が一軒見えてきた。ふたりは黙って、門の前で自転車を止めた。表札には「野方和子」と海の母親の名前だけが書かれていた。

低い木の柵の向こうに、広々とした庭が見えた。いろんな木があり、いろんな花が咲いている。建売住宅にくっついた狭い植栽コーナーを、海の母親はいつもどの家よりもセンスよく整えていて、海も植物の名前に詳しかった。きっとここに引っ越してきてから、母娘であれこれと植えたのだろう。

「幸せそうだね」

と有夢が言った。

「幸せなのかな」

と瑤子は言った。

「どうする」

と有夢が言った。

「どうするって」

と瑤子は返す。

「だから、呼び鈴？」

「押すの？」

「だから、どうするって」

道の向こうから歩いてきた、赤ん坊を抱いた女のひとが、まったく遠慮なくじろじろとふたりを見た。通り過ぎてからも二度、三度と振り返っていた。行こう。有夢は瑤子を肘で突くと、自転車に跨った。瑤子も慌てて後を追う。

駅ではなく、女のひとが来たほうへと走っていった。大通りにぶつかり、そこを曲がる。べつに追いかけられているわけでも、呼び止められたわけでもないのに、ふたりは逃げるように漕いだ。大型スーパーがあらわれると有夢はアプローチを下っていった。

海の家からここまで、たいした距離ではなかったのに、自転車を止めると汗が吹き出し息が荒くなっていた。ふたりは互いの顔を見た。自分がしているであろう表情を相手もしていたから、見つめあっても、何の助けにもならない。

「帰ろうよ」

瑶子は言った。

「だめだよ」

有夢は言う。

「留守だったって言えばいいじゃん。呼び鈴鳴らしたけど誰も出なかったって。マジで留守っぽかったじゃん。きっと旅行とか行ってるんだよ」

「そしたらもう一回行けって言われるだけだよ」

「言われたら、もう一回行くの?」

「じゃあどうするの? 行かないの? もう行きたくないって、瑶子がルエカたちに言ってくれるの?」

言うよ、と瑶子は答えようと思った。本当に思ったのだ。だがそのとき、スーパーの中から出てきたふたり連れに目が釘付けになった。海とその母親だった。

瑶子の表情が変わるのを見て、有夢も振り返った。同時に海が気づいた。三人は一瞬、見つめあった。それから海が破顔して、手を振った。

海はよく笑う子だった。ふたりはそのことを思い出した。

背が高くてひょろりと痩せていて、色白で、細くて赤い縁の眼鏡をかけている。肘くらいまである長い髪を、今日は後ろでひとつにまとめていた。ふたり同様にショートパンツを穿いている。ピースマークの絵柄の黄色いTシャツ。ぱんぱんに膨らんだレジ袋を両腕に提げて、「ペルー」のリンド・リンディみたいに、顔半分を口にして、今も笑っている。

「どうしたのー？　なんでいるのー？」

笑いながら、海は言った。ふたりがここにいるのがおかしくて、それに嬉しくてたまらないというふうに。隣で海の母親の和子さんも、娘につられたように笑っている。和子さん、と海は自分の母親のことを呼ぶから、瑤子も有夢もその名前を知っている。

「サプライズ！」

有夢が言い、

「そう。サプライズ！」

と瑤子も倣った。すると有夢がいきなりテンションを上げて、「サプライズ成功イエー」とハイタッチの姿勢をとったので、瑤子も慌てて「イエー」と手を合わせた。そこに海も近づいてきて、「イエー」と三人の手が触れ合った。

海と和子さんは自転車で来ていた。四台列なって家まで戻った。買ったものを置きに帰るだけだろうと思っていたら、うちにおいでよ、と海は言う。有夢と瑤子はどぎまぎしたが、そうすることにした。これまでもいつも、互いの家を行き来して遊んでいたからだ。家の中ではなくて庭に置いたテーブルとベンチに案内されたから少しほっとした。最初からここにあったもので、海が青いペンキを塗ったのだそうだ。

和子さんがアイスティーとお菓子を運んで来てくれた。お菓子はいつものように手作りで、ガラスのカップにスポンジケーキと缶詰のフルーツと生クリームが詰めてある。海の家で食べるおやつが、有夢も瑤子もいつでも楽しみだった。ゆっくりしていってね、と和子さんは笑顔を作って、すぐに家の中に戻っていった。気を遣ってくれているのだろう。前の学校でのことを海はどんなふうに母親に話しているのだろう。

三人はしばらくの間、互いの顔を窺いながらにやにやしていた。それから有夢が、おもむろにアイスティーのグラスに手を伸ばしてずずっと啜った。瑤子と海もすぐに真似した。ずずっ。ずずっ。笑い声が弾ける。海と同じ顔で、有夢も瑤子も笑った。顔半分を口にして。笑っているなあと瑤子は思い、笑えるじゃんと有夢は思った。あっという間に、昔に戻ったみたいだった。約一年前、中学に入ってはじめてのマラソン大会が行われる以前の三人に。

「ほんとビックリしたよー」

海が言う。眼鏡の奥の目が細くなって、唇がすぼまる。久しぶりの、懐かしい海の顔。

「よくわかったね、ここ」

「うちのお母さんから聞いたんだよ」

瑤子がそう答える。海は頷く。

「ごめんね、何も言わないで引っ越しちゃって。手紙書こうと思ってたんだよ」

「ほんとに？」

と思わず瑤子は聞くが、

「そうだよ、手紙来ないから、うちら来ちゃったよ、こんなとこまで」

と有夢が言う。

「ていうかチャリで来たってありえないんだけど」

海はまた、笑う。会ってから笑ってばかりだ。

「ありえないよ。片道二十キロだよ。死ぬかと思った。海もやってみなよ。これから一緒に帰る？」

有夢は言ってしまってから、自分の迂闊さに気づく。無理無理、と海は笑って答えるけれど、自転車じゃなく車だって飛行機だって、あんなところ二度と帰りたくないに決まっているのに。

「リンディの新譜聴いた？」

瑤子が話題を変える。聴いたさ！　海は答えた。

「マジ？」

「ほんとに？」

「ペル〜〜〜〜」

三人の歌声が合わさった。有夢も瑤子も嬉しかった。海もまだリンディを聴いていたのだ。この町へ来て嬉しくなることがあるなんて思わなかった。

「でもリンディ、死んじゃったね」

海の言葉にふたりははっとした。そうだ、リンディの死が報じられたときには、もう三人一緒ではなかったのだった。海が転校したのは昨年の暮れで、リンディが死んだのは今年の二月だった。

「泣いた？」

と有夢が混ぜ返すように聞くと、

「泣いたよー。もう一日ぎゃあぎゃあ泣いた」

と海は答えながら、あらためて泣きそうになっている。よく泣く子でもあるのだった。映画とか小説とか漫画の話をしながらよく泣いていた。自分のことでは涙を見せなかったけれども。

「泣いた？」

聞き返されて、有夢と瑤子は揃って勢いよく頷いた。それぞれ、ひとりのときには泣いていた。ふたりのときも泣いたが、「ぎゃあぎゃあ」というほどではなかった。病気の苦しみから解放されて、リンド・リンディは今は幸せだと思うことにしたのだ。極彩色の鸚鵡が飛ぶ楽園で。

「学校、行ってるの？」

有夢が聞いた。

「ふつう行くでしょ。義務教育だし」

と海は笑いながら答えた。

「私立？」

「途中から私立は入れないよ。公立。共学だよ」

「じゃあ近く？」

と瑤子が聞いた。

「うん、線路渡ってすぐ。徒歩五分。共学って、けっこういいよ。最初は緊張してたけど、なんか、女子校より、ずーっと気楽。田舎の学校のせいかもしれないけど」

有夢と瑤子は頷いた。そのあと少し間ができた。話せることと話せないことがやはりある。話せないことのほうがたぶん多かった。でも、小一時間ほどお喋りした。

家まで帰るのに自転車で二時間近くかかる、というのは、腰を上げるためにちょうどいい口実になった。帰りがけに和子さんが出てきて、泊まっていってもいいのよと言ったが、ふたりは辞退した。明日は親と出かける予定があるから、と。また来ます、とも言った。そのときは泊まるね、と海に手を振った。

来た道を戻るとき、地図アプリで検索して、海が通っているという公立中学校の前を通った。自宅から徒歩五分なら、ここしかない。それをたしかめてから帰路に着いた。往路の疲れが溜まっていたにもかかわらず、帰り道は行きよりも近く感じた。帰りたくない、と思っていたせいに違いない。ポケットの中でラインの着信音がまた鳴りはじめた。

通学路は新緑に縁取られている。お屋敷と言っていい古い大きな家が連なる道の向こうは丘で、ふたりが通う中・高一貫の女子校はその中腹にある。坂道に入るとすぐ、礼拝堂の十字架が見える。学校案内のパンフレットにもこの風景が使われていた。外国の学校みたい、と憧れたものだった。

制服はチェックのプリーツスカートに赤いリボンがついた白いブラウス。ふたりは自転車に跨り、石畳をガタゴトと登っていく。生徒の大半は電車で来ているから、自転車通学は少ない。徒歩で登っている子たちを抜かし、先を歩いているグループにもうすぐ追いつく。

「おはよーっ」

有夢と瑶子はあかるい声を上げた。ルエカたちが振り返る。おはよー。おはー。校則違反ぎりぎりのリップグロスを塗った唇が、口々に挨拶を返す。有夢も瑶子も、そんなものは塗ったことがない。塗っていいのは、ルエカのグループの子たちだけだ。

追い抜いて先に行こうとしたときだった。「有夢」とルエカが呼んだ。有夢も瑶子も、ぎくりとして自転車を止めた。ルエカたちはニコニコしながらゆっくりと近づいてきた。

「連休、どうだった?」

ルエカが聞く。有夢は親指をぐいっと立てた。どうしようかと思うより先に体が反応した。顔もそうだ。目をぐりぐりさせて、おどけた表情を作る。

「わかったの?」

「バッチリ。近所の公立に転校してた」

「マジで? ムカつく」

ムカつくねー、頭くんねー、とルエカの後ろの子たちが唱和する。

「海に会ったの？」

「会った。あいつバカだから、ペラペラ喋った」

「ウケる。有夢、離れても友だちだよとか、言ったんでしょ？」

「言ったかも」

「アハハ。演技派だねー。瑤子も？　一緒に行ったの？」

「もちろん」

　と瑤子は答えて、ニッと歯をむき出してみせた。

「ラインで写真送ってくれればよかったのに」

「だめだよ、計画が海にバレちゃうじゃん」

「あはは、たしかに。じゃあ昼休みに詳しく教えて」

「ラジャー」

　ふたりはグループから離れて走っていった。講堂の横の駐輪場には、誰もいなかった。黙って自転車をスタンドに入れる。

「リンディが聴きたい」

　と有夢が言った。

「そうだね」

　と瑤子は答えた。学校では携帯やスマートフォンの電源を入れることは禁止されている。それでもときどき使っている子たちはいるけれど、もちろん有夢と瑤子は校則に従っている。リンディが聴けないのはつまらないけれど、学校にいる間はラインが届かないのはありがたい。

ふたりとももうロックをセットし終わっていたが、その場から動こうとしなかった。互いに、相手がもっと何か言うのを待っていたのだ。予鈴が鳴って、渡り廊下を駆けていく数人の足音と笑い声が聞こえた。

「あたしたち、最低だね」

有夢は俯いたまま言った。

「うん、最低」

と瑤子は同意した。

「ペルー行くしかないよね」

顔を上げて、有夢は言った。

「うん、行こう」

と瑤子は頷いた。

2　有夢

「じゃあ行こう」

と瑤子が言う。

「もうちょっと先から」

と有夢は言った。

瑤子は「はいはい」と頷いて、自転車を降りた。押しながら歩き出す。今日、自転車で来たのは瑤子だけだ。

「やっぱ逆方向がいいかな」

有夢は言う。ピンクのスウェットパンツに、グレイのTシャツ。

「はいはい」

瑤子は膝までのキュロットスカートを穿いている。

「やっぱいいや、こっちで。追い風だし」

「向かい風のほうがトレーニングになるんじゃない？」

「わかった。じゃ、そうする」

くるりと向きを変えて、有夢は走りはじめた。まったく走りたくなかったが、走るために来たのだから仕方がない。自転車の方向転換に手間取った瑶子が、あとから追いかけてくる。有夢を追い越さないように、ゆっくり漕いでいる。

週明けにリレーマラソン大会がある。クラス三十人中十人が走るのだが、去年同様くじ引きをして、有夢は選手に選ばれてしまった。瑶子はくじ運が強くて去年も今年もまんまと逃れた。それで「自主トレ」に付き合わせている。

土曜日の早朝。家から近いほうの川。川沿いの道は一応サイクリングロードということになっているけれど、狭いし路面もデコボコなのでロードレーサーたちには人気がない。自転車が少ないぶん、ウォーキングやランニングをしているひとたちがいる。

すっすっ、はっはっ。すっすっ、はっはっ。

体育の時間に教わった呼吸法を有夢は実践してみる。鼻で二回吸って、口から二回吐く。すっすっ、はっはっ。すっすっ、はっはっ。すっはっ。すぐに息苦しくなってくる。自転車で走るのは好きだが自分の足で走るのはきらいだし苦手だ。ダイエット失敗記録を絶賛更新中の体が、一足ごとに地面にめり込んでいくような気がする。

有夢は足を止めた。うわ、と急ブレーキをかけて瑶子も自転車を止める。

「……何キロ?」

「えーと、千三十八メートル」

ランニングアプリを見ながら瑶子が答える。これの三倍か。絶望的な気持ちになる。息が切れ頭痛がする。

しばらくの間、膝に手を当てた姿勢で息を整えた。

「あれ、なに撮ってるのかな」

向こう岸の土手で男性が数人、川に向かって望遠レンズ付きのカメラを構えている。

「あれはあれでしょ、鳥とかでしょ」

そんなのわかってるでしょ、という口調で瑶子が答える。実際のところ、有夢もわかっていた。ときどきこの川に飛んでくるカワセミを狙っているのだ。

「青い鳥？」

名前は思い出せないことにして、そう言った。

「そうそう青い鳥。アオハギとかワカサギみたいな名前の」

瑶子は本当に名前を覚えていないようだ。

じゃあこうしない？　と有夢は言った。

「青い鳥が飛んでくるまでここで見てるの。飛んできたら、もう走らなくていいことにするの」

「なんだそれ」

「いいじゃん。飛んでくるまで見てようよ。飛んできたら、じゃあ走る」

瑶子は呆れた顔をしたが、反対はしなかった。マラソン大会が無事終わるまでは逆らわないことにしよう、と決めているのかもしれない。通行人のじゃまにならないように自転車を土手に倒して、その横にふたり並んで腰を下ろした。

アマチュアカメラマンたちは揃えたように、帽子をかぶり、ポケットがたくさんついたベストを着ている。遠目ではっきりとはわからないが、全員がおじいさんっぽい。中のひとりがぱっとこちらを見たが、つまらなそうにすぐに顔を戻した。青い鳥がやってきたと思ったのかもしれない。いや思わないか。

「ああやって何人も待ってるってことはさ、鳥情報があるわけだよね」

有夢は言った。

「何、鳥情報って」

「だからカワセミが今日は絶対飛んでくるっていう」

しまった、鳥の名前を覚えていることをうっかり明かしてしまった。カワセミ。知ってたんだね、というふうに瑶子はわざわざ繰り返してから、

「鳥情報っていうか、鳥スポットなんじゃないの？　あそこ」

と言った。

「鳥スポットか。目撃情報が多いってことだね」

「そうだね」

「じゃあ絶対、来るね」

「来るよ。あれだけおじさんたちが待ち構えてるんだもん、絶対、来るよ」

「カワセミってさ、すっごいきれいな色してるんだよね。見たことある？」

「ちっちゃくて、真っ青なんだよね。見たことあるよ」

瑤子も見たのか、と有夢は思う。あたしが見たのはいつだったか、と考える。何年も前、六、七歳の頃だったような気もするし、去年とか一昨年とかだったようにも思える。いつだったかわからないのに、サファイヤみたいな真っ青でキラキラしたものが空からすうっと落ちてきて、中洲の石の上にとまった光景がはっきり目に浮かぶ。カワセミ！　あれカワセミだよ！　叫ぶ声は海のものだ。それもはっきりと聞こえるのだが、だから逆に、空想かもしれないと思う。

「来ないね、カワセミ」

しばらくして、言いにくそうに瑤子が言った。

「でもおじさんたちまだ待ってるじゃん」

有夢は言った。

「おじさんたちはさ……明後日マラソン大会があるわけじゃないから」

瑤子はさらにおずおずと言う。

「帰りたいなら帰っていいよ」

「そういうこと言ってるんじゃないじゃん。いいの？　練習。途中でリタイアとか絶対できないから、今日走ってみるんじゃなかったの？」

「もう走ったよ。これ以上走ったって、だめなもんはだめだよ」

「でもペースとか……」

「ペース配分したって走る距離が縮まるわけじゃないじゃん。だめなものはだめ。ていうか絶対だめな気がする。もういいよ、リタイアで」

「でも……」

「リタイアして、そのあとどうなったっていいよ。だってどうせペルー行くでしょ？　あたしたち」

瑤子の表情がぱっと変わる。それまでの困った顔から、怒ったような顔に。瑤子を作っている線がくっきりと太くなり、硬くなる。


あのあと、昼近くまで土手に座っていたけれど、結局カワセミは飛んでこなかった。

帽子とベストのおじさんたちも、ひとり、ふたりと撤収していった。向こう岸のべつのポイントへ移動するらしいひとたち、土手を上がって帰っていくらしいひとたちの中で、ひとりだけ中洲を渡ってこちら側へやってきたおじさんがいて、有夢と瑤子の横を通りしな、目をぐるぐるさせながら「残念無念」と時代劇みたいな口調で言った。

「有夢ー。ごはんー」

階下から、母が呼ぶ。有夢は寝転がっていたベッドからもそもそと起き上がる。まだTシャツとスウェットパンツを着たままだ。ずっと土手に座っていたせいでスウェットパンツのお尻が泥で汚れている。

土曜日だから食卓には父もいた。帰ってきたことに全然気づかなかったが、スウェットの上下にもう着替えている。有夢とお揃いのデザインの青い上下で、先週、一緒に買ったのだった。おおーっ。有夢もそれを着ているというだけで、父は心底嬉しそうな声を上げる。

「望《のぞむ》ー、ごはんー」

リビングでゲーム機から離れようとしない十歳の弟があらためて呼ばれて、食卓に家族四人が揃う。最近母が心酔している料理研究家のせいで、テーブルの上の皿は今日も野菜ばかりだ。ブームは三ヶ月くらいで終わって次の料理研究家に変わるので、それまでがまんするしかない。

「マラソンの練習してたんだって？　どうよ、感触は」

父が言い、

「なんか途中からただのピクニックになっちゃったんですって」

母が言い、

「だっせー」

と望が言う。食卓ではみんなよく喋る。

「だってどうせお遊びだもん、マラソン大会なんて」

もちろん有夢もちゃんと喋る。

「三キロだっけ。あの丘をぐるっと走るんだろ。けっこうきついんじゃないのか」

「疲れたら歩くし」

「お姉ちゃんのせいで負けたらどうすんの」

「クラス対抗っていったって、全然みんな真剣じゃないし。お揃いのTシャツとか着て騒ぐだけだし」

「お祭りみたいなものよね。女子校だもの」

母がまとめてくれた。「女子校」というのは彼女にとってはあらゆることの説明になるらしい。

「去年は海ちゃんが出たのよね」

「うん」

有夢は頷き、身構える。去年のマラソン大会のことは、家ではほとんど話していない。そのことに母親が気づくのではないかと。

「キャベツもっと食べたら？　これね、味付けは明太子とお酢だけなのよ。でもすごくおいしいと思わない？」

ほっとしながらキャベツを取り皿によそった。突然、望が立ち上がったのでぎょっとしたが、冷蔵庫にふりかけを取りに行っただけだった。ごはんのおかずになる料理がないのだろう。そのふりかけに、有夢と父親が順番に手を伸ばす。

「ふりかけ？　こんなにたくさんおかずがあるのに？」

と母親は嘆きの声を上げる。


一学年は四クラス。マラソン大会や球技大会など、学校指定の体操着ではなく自由なスポーツウェアが許可されているイベントでお揃いのウェアを作ることは、一年のときからどのクラスでもやっている。

二枚セットで九百八十円の黒Tシャツに、Vサインしている手のアイロンプリント。それが有夢たち二年二組の今年のユニフォームだ。ユニフォームのデザインは、ルエカたちが担当している。できるだけお金をかけずにかわいいものにするために、けっこうな時間と頭を使っているらしい。だから走るのは免除されている。マラソン選手を選抜するくじを、ルエカたちは引かない。

「キャーッ」

と、ルエカが叫ぶ。集合場所にクラスメートがやってくるたびに、叫んでハイタッチしている。ルエカは身長百六十センチくらいでモデルみたいに痩せていて、アイドルみたいに可愛い顔をしている。ツヤツヤの長い髪を今日は両耳の上で、ピンクのキティがついたヘアゴムで結んでいる。

「キャーッ、ユムヨーコー」

有夢と瑤子も、もちろん同様に迎えられる。「ユムヨーコ」とひとまとめにして、お笑いコンビみたいに呼ばれるのは最近はじまった。ハイタッチしてから、ルエカとそのグループの子たちは、ケラケラと笑う。

「瑤子、めっちゃうけるんだけどー」

有夢も瑤子ももちろんユニフォームを着ているのだが、有夢の体型に合わせてLサイズの二枚組を買って分けたから、瑤子にはぶかぶかで、ほとんどワンピースみたいになっているのだ。べつにいいよ、と瑤子は言ってくれたのだが。

「いいじゃんいいじゃん。友情っぽいよ」

二人を抱き寄せながらルエカは言い、ユージョー、ユージョー、とグループの子たちが繰り返す。瑤子（もしくは自分）に「ユージョー」という渾名がつくかもしれない、と有夢は思う。それだけですむならいいけれど。

「二番目でしょ、今日。がんばってね」

「もっちろん。がんばる」

有夢はガッツポーズを返したが、有夢が走る順番をルエカがちゃんと覚えていることがひどくいやな感じだった。

「瑤子もサポートよろしくね」

「うん」

「今年は盛り上げようね。まとまっていこうね。脱落者が出ないように！」

この科白をルエカは有夢と瑤子というよりは、周囲のクラスメートたちみんな――すでにほとんど全員が集まっていた――に向かって言った。すかさず拍手と「イエー」という声が上がる。ルエカのグループの子たちも、そうでない子たちも、同じ顔をしている。

「脱落者っていうか、裏切り者でしょ」

「気分悪かったよね。せっかくルエカががんばってくれたのに」

続いて上がったいくつかの声を、

「シーッ！」

とルエカは制した。

「だめだよ、口に出しちゃ。いやなことは忘れなくちゃ」

ね？　とルエカは、あらためて有夢と瑤子のほうを向き、ニッコリ笑った。静まり返ったみんなも、ふたりを注視している。

「おーっ。かっこいいの考えたじゃない」

担任の園田先生がやってきた。今年三十歳になった——というのはホームルームのときに本人が発表した——女の先生だ。

「ソノッチのぶんも作ってあるよ」

「マジでー？　じゃあお金払うよ」

「巨乳用の特別製だから、百万円でいいよ」

笑い声が上がる。有夢も瑶子も笑う。自分の笑い声が見えるような気持ちになる。マンガの擬音みたいに「アハハハ、アハハハ」と太い文字になって空中に浮かび、一瞬後には地面に落ちて、ガラスみたいに、でも音をたてずに粉々になる。


スタートの瞬間まで、瑶子がすぐそばにいてくれた。

もちろんルエカたちも近くにいたけれど、大グラウンドの石段に座って観客に徹していた。有夢はスタート地点で第一走者が戻ってくるのを待ちながら、石段から笑い声が聞こえるたびに、あたしのことを笑ってるわけじゃない、と自分に言い聞かせ、そちらに顔を向けないように気をつけていた。

「ペース気をつけなよ、ペース。ゆっくりゆっくり行けば大丈夫だから」

「わかった」

「途中で補給所があるけど、水、ゆっくり飲むんだよ。がぶ飲みするとお腹痛くなるから」

「わかったってば」

「絶対大丈夫だから。あきらめちゃだめだよ」

そのあとに言おうとした言葉を瑶子は飲み込んだけれど、口が「ぺ」の形に開いている、と有夢は思った。ペルーに行くとしてもさ。きっとそう言おうとしたのだろう。

第一走者が戻ってきた。たすきを受け取り、有夢は走り出した。背中に、ルエカたちの歓声と拍手が聞こえる。行けーっ！　と瑶子が叫んだ。こんなときに叫ぶのは誰よりも苦手な子なのに、ルエカたちの声に負けないような声量で。わかったよ。がんばるよ。声には出さずに、有夢は瑶子にだけ応える。

今日は暑い。

「絶好のお天気に恵まれて」と開会式で学園長先生は言ったけれど、それはつまり、六月のはじめの、蒸し暑い晴天、ということだ。同じ学園内にいても、教師と生徒はべつの惑星にいる。

グラウンドを半周して石段の向かい側の傾斜を上り、中等部校舎の横を通る。校舎と反対側のフェンスの向こうは雑木林で、うっそうと繁った木々の青臭い匂いが霧みたいに降ってくる。五メートルくらい前を、赤いTシャツの隣のクラスの選手が走っている。追い越すことまでは要求されていないだろうが、これ以上の差が開かないようについていかなければならない。ペース、ペースと瑶子は言っていたけれど、自分のペースなんて守りようがない。これはお祭りじゃないんだから。

学校には、お祭りなんかない。すくなくとも、あたしたちには、ない。

そのことがわかったのはいつだったのだろう。突然わかったのではない。入学してから、少しずつ、わかってきたのだった。教師と生徒が違う惑星にいるように、生徒も全員が同じ惑星の上にはいない。去年の六月、有夢にはもうそのことがわかっていた。瑶子もわかっていただろう。でも海はわかっていなかった。いや、わかっていたのだろうけれど、認めようとしなかった――海だけが。

マラソン大会を、海は本当は楽しみにしていたのだ。陸上部ならともかく、ふつうの子にはかなりきつい、という噂が伝わってきて、みんながゲーとかマジありえないとか騒ぎだしたときも、あたし走ってみたいな、と海は言っていた。あんなにひょろひょろで、運動神経だってたいして良くないのに。ようするに、熱血なのだ、海は。容姿は父親似らしいけれど、性質は母親の和子さんの血を受け継いでいるのだ。

選手になってマラソン大会に出たい、という子は海のほかにはいなかった。「選手になったら負け」的な空気がクラス内に生まれていて、それは今考えれば、ルエカたちが生み出したものだったような気もするけど、とにかく運動部の子たちでさえ立候補しなかった。それでくじ引きをすることになったのだった。そうしたら、その少し前から勝手にユニフォームのデザインを考えはじめていたルエカたちが、あたしたちは走らないよ、と言い出した。それまで薄々感じていたことが決定的になったのは、あのときだったのかもしれない。そんなのはおかしいと、誰も言わなかった。

海だけが言ったのだった。不公平だよ。だったらユニフォーム係からくじ引きするべきだよ、と。だってもうあたしたち、どこのTシャツが安いとか、マークのデザインとか、いろいろ考えてるんだよ、とルエカは言った。そのために今まで使った時間はどうしてくれるの？　と。めちゃくちゃな理屈だと有夢は思った。誰も頼んでないのに。でも黙っていた。有夢も、瑤子も。ほかのみんなも黙っていたし、「そうだよね、そっちのほうが不公平だよね」とルエカたちに同意する子もいた。

海はくじを引かなかった。ルエカたちが引かないなら、あたしも引かない、と言い張ったのだ。有夢と瑤子は引いた。引いたほうがいいよと海に何度も言ったけれど、海は頑として意志を曲げなかった。引かないひとは自動的に選手になってもらおう、とルエカが言った。走る順番もくじで決まるようになっていて、引かないひとは、つまり海は、アンカーに決定、ということになった。全部ルエカたちが決めたのだ。そして誰も反対しなかった。有夢も、瑤子も。海はそもそも走りたかったのだから、べつにいいだろう、アンカーでも大丈夫だろう、と思うことにした。でも、マラソン大会の当日、海は学校に来なかった。ボイコットしたのだ。

すっすっ、はっはっ。すっすっ、はっはっ。

もう息が切れてきた。前方の選手は、ぐんぐん走っていく。背が高くて手足が長い、見るからに運動神経がよさそうな子だ。ほかのクラスでは陸上部の子が選手になっているから、あの子もそうなのかもしれない。つられて、最初から飛ばしすぎてしまった。

すっすっ、はっはっ。すっ、はっ。

音楽室と美術室がある中庭を通り抜ける。緩く長い坂が、この先の高等部まで続く。こんなに長くて、こんなに傾斜があったのかと思う。去年のマラソン大会の前までは、放課後、三人でよくこの道を登った。あのときは坂道だなんてほとんど意識しなかった。高等部の敷地内にある売店で、校内ではそこにしか売っていないビスケットサンドのアイスクリームを買うのが目的だった。あんたたち、また来たの？　売店のおばちゃんは毎回そう言って大きな白い歯を見せた。はい、やせっぽちに一個、ちびすけに一個、むっちりちゃんに一個。むっちりちゃんはやめてよと、有夢も毎回同じことを言ったけれど、そのたびに瑶子と海がケラケラ笑うのが好きだった。

本当の目的はアイスじゃなくて、この道を三人で自転車で漕いでいくことだったのかもしれない。そのことは三人とも口にしなかったけれど、あの頃、学校にいる間じゅう自分が自分の体積よりも小さな箱に閉じ込められているみたいな感じがあって、三人でどうでもいいことを喋りながら、この道をゆっくりゆっくり漕いでいくと、体がもとの大きさにゆっくりゆっくり戻っていく気がしたのだ。

すっ、はっ。すっ、すっ、はっ。

百葉箱があるカーブを曲がっても、赤いTシャツの背中は見えなかった。距離が開いてしまった。でも、これ以上スピードは上げられない。走り続けることだけで精一杯だ。どうしようもない。

どうしようもないことばかりで、この世界はできあがっている。

去年のマラソン大会のアンカーはルエカが務めた。海が来ないまま開会式が終わったとき、自分がかわりに走ると申し出た。運動神経抜群のルエカはふたり抜いて、最下位だった二組は二位になった。ゴールに倒れこんだルエカをみんなが囲んで、わあわあ泣いた。瑶子は泣かずにぼんやりしていたが、有夢は少し涙が出た。でも、何の涙だったのかは、よくわからない。

マラソン大会の翌日から、クラスの誰も、海に話しかけなくなった。はじめのうちは、なんとなく気まずい、どんなふうに接していいかわからない、という雰囲気だった。もやりとしたその空気が、だんだんぴーんと張りつめていった。雪が降る前みたいに。そうだ、寒くて動けなくなっていったのだ——でなければ以前から感じていた箱が、どんどんどんどん狭まっていったのだ。

有夢と瑶子だけは、それまで通りに海に接していた。すくなくとも、そうしよう、と努力していた。登下校も一緒だった。ただマラソン大会以後は、高等部までアイスを買いに行くことはなかったし、そそくさと家までの道を漕ぐ間、マラソン大会についての話題は避けられていたけれど。その話を海がしたがっていることは有夢も瑶子もわかっていた。でも、とぼけた返事をしたりするりと話題を変えたりして、あからさまに避けた。そのうち海は無口になって、三人でいても以前のようには楽しくなくなった。そんなとき有夢と瑶子はルエカから呼び出されたのだ。

ようやく高等部の校舎が見えてきた。校舎前の広場に補給所が設えてあり、体育教師と保健室の先生がいる。有夢はふらふらと近づいていき、紙コップに注がれた水を飲んだ。

「気分悪くないわね？　大丈夫ね？」

養護教諭に聞かれて有夢は頷く。気分は悪かったし全然大丈夫な気がしなかったが、頷くしかない。まだリタイアする気はない。というか、瑤子にはああ言ったけれど、リタイアしたらどうなるか考えるとやっぱりこわい。

あっという間に一杯目を飲み干して、二つ目の紙コップを取る。三つ目を飲もうとしたところで「おいおい、そのくらいにしとけ」と体育教師が止めた。

「よし行け。あとちょっとだ。がんばれ」

あとちょっとじゃないじゃん。心の中で言い返す。ここがだいたい半分の地点であることは知っている。体育教師だって知っているだろう。どうして「あとちょっと」なんて言えるのだろう。高等部は今日は休校だが、広場には何人か見物人がいて、有夢が走り出すとぱちぱちと手を叩いた。全然励まされない。あんたたちみんな、何の役にも立たない。

礼拝堂までは坂道が続く。水を飲む前の倍くらい体が重い。横っ腹が痛い。瑤子が言った通りだ。

あの日も土曜日だった。呼び出されたのは学校の最寄駅のマクドナルドで、中央の大テーブルを、ルエカとそのグループの子たちが占めていた。みんなはそこで昼食を済ませたらしく、テーブルの上にはハンバーガーやポテトの残骸が散らばっていた。有夢も瑤子もそれぞれ家で食べてきていたが、なんだか何か食べなければならないような空気があって、コーラとともに有夢はポテトを、瑤子はフィレオフィッシュを買った。おかしなことだと思う——あんなときでもそれぞれ違うものを頼むなんて。瑤子ときたら、よりにもよってフィレオフィッシュなんて。

そのフィレオフィッシュの包み紙の上で、瑤子の指が動いている光景が、今でもありありと浮かんでくる。有夢はポテトをほとんど残してしまったのだが、瑤子はあっという間に平らげた。きっと自分でも気づかないうちに食べてしまったのだろう。味なんて感じずに、機械的に口を動かして。その間ずっとルエカが喋っていた。食べ終えても話は続いて、瑤子はずっと包み紙をいじっていた。

青い包み紙。子供の指みたいな白くて短い瑤子の指。きっちり切り揃えられた小さな爪。人差し指の爪の上に、白い星があったことまでちゃんと覚えている。自分自身がどんなふうだったかは全然覚えていないのに。

クラスの調和とか、団結とかいうことをルエカは話していた。聞きたいんだけど、とルエカは言った。とてもやさしい口調だった。そういえば彼女が怒ったり怒鳴ったりするところを見たことがない。いつも口元には笑いを浮かべて、大きなレモン形の目をキラキラさせて、やさしい声で話す。聞きたいんだけど、有夢と瑤子はどっち側のひとなの？　とルエカは言った。瑤子の指が包み紙をくしゃりとまるめてまた伸ばして、フィレオフィッシュの包み紙には魚の絵が描いてあるんだな、と有夢はぼんやり考えていた。

すうっ。すうっ。すうっ。はーっ。

息がうまく吸えない。

あの帰り道、瑤子とはじめてペルーの話をしたのだった。あのときはまだ「ペルー」ではなかったけれど。その地名を思いついたのはリンド・リンディの最後のＣＤを聴いてからだ。

ペルー。

すうっ。すうっ。すうっ。

足音が近づいてきたと思ったら、黄色いTシャツに追い抜かされた。三組の子だ。ちらりともこちらを見ずに、抜いていった。あたしが電柱か何かみたいに。あたしはもう、誰にも見えないのかもしれない。誰にも見られる価値がないものなのかもしれない。海にあんなことをしてしまったあたしたち。今だってひどいことをしているあたしたち。

頭の内側を汗が流れていくような感覚がやってきて、ふいにストロボがたかれたように、辺りが白っぽくなる。周囲の木々や地面や礼拝堂の十字架はちゃんと見えているのに、自分がとても広い、見知らぬ場所をただひとりで走っているような感じがしてくる。

もうだめだ、と有夢は思う。もう走りたくない。走れないのではなくて、走りたくないのだ。あたしは体が重いから、持久力がないから無理だと瑶子に泣き言を言ったけれど、そうじゃなくてあたしはただ走りたくなかったのだ。

こんなのはおかしい。ルエカたちが今年もくじを引かなくていいなんておかしい。ルエカの奴隷みたいになって走るのなんておかしい。いやだ。あたしはそう思っていたのだ。海が思っていたのと同じに。それに走り切ったって、何が待っていると言うのだろう。今よりひどくならないというだけだ。あたしたちが海にしていることは変わらない。これからもしなくちゃならない。

何かが目の前を横切っていき、目の前で手を叩かれたように、有夢は辺りを見回す。小さな真っ青な鳥が、礼拝堂の前の石畳にちょこんととまっている。カワセミ。本当は忘れたことなんかなかったその鳥の名前を、声に出さず有夢は呟く。今頃飛んできたって遅いよ、カワセミ。有夢は鳥に向かって言う。有夢が近づくと鳥はふわりと舞い上がる。カワセミを見たって瑤子に言わなくちゃ。いつの間にか下り坂になっている。この一歩が最後の一歩だと思いながら、有夢は走り続ける。

3　瑶子

母親が椅子から立ち上がったので、もう話を切り上げるつもりだということが瑶子にはわかった。信じられないことには、母親はそのあとすぐに携帯を手に取った。今日の午後から行くはずだったペンションに電話をかけている。

「……よろしいですか？　ええ……はい……すみません。ええ……明日は必ず。はい……ありがとうございます」

電話を終えると母親はちらりと瑶子のほうを見た。ほら、問題ないでしょ？　というように。長野にあるそのペンションのオーナー夫妻はもともとは祖父母の友人で、もう長い付き合いだから、直前の日程変更にも快く対応してくれる、というわけだ。

「明日のお昼前には出られるから。悪いけど、そういうことでね」

瑶子は父親の顔を見た。父親は瑶子だけに見えるように唇を尖らせて、首を傾げてみせた。父親はいつでも誰にでもやさしいけれど、ただそれだけだ。

「ごめん」

自分の部屋に戻るとすぐ、瑶子は有夢に電話をかけた。

「長野、明日からになっちゃった。お母さんの仕事が終わんなくて」

「じゃあ一泊？」

「ううん、予定どおり二泊。だから火曜日も休むよ」

「マジ？」

土曜日の今日、出発すれば、旅程は土、日、月だから、月曜日だけ学校を休めばよかったのだった。でも母親の都合で、日、月、火になってしまった。

「……大丈夫？」

黙り込んでしまった有夢に、瑶子はおそるおそる聞く。学校で二日もひとりになるなんて、もし自分だったらとうてい耐えられそうもない。

「大丈夫じゃないけど、しょうがないんでしょ」

「うん……もうちょっとがんばってみるけど。火曜日に追試があるとか、予防接種があるとか、言ってみようかな」

「昨日期末が終わったばっかで追試ってありえないでしょ。予防接種ってなんの予防接種って言うわけ」

「……そうだよね」

じゃあいっそ有夢も月、火と休んじゃえば。瑶子はそう言おうとも思ったが、言わなかった。学校を休みたくない理由以上に、休む理由を考えるのはむずかしいとわかっている。

「ごめん」

「いいよ、あやまらなくて」

そういう有夢の声は刺々しかった。泣きそうなのをがまんしているせいだと瑶子にはわかる。そして自分も泣きそうになる――こんなことで泣きそうになるなんて、と思って。

電話を切るのとほとんど同時に、ドアがノックされた。顔を出した母親は、さっきよりは幾分すまなそうな顔をしている。

「有夢ちゃんに電話してたの？」

瑶子は頷いた。

「本当に仲がいいのね、あなたたちは」

母親がそんなことを言うのは、さっき旅程が一日ずれることに瑶子が反対したとき、「一日も学校を休んだら有夢が怒るよ」とうっかり言ってしまったからだった。

「学校なんてそんなに真面目に行かなくてもいいのよ」

いつも言うことを母親はまた言う。

「有夢ちゃん、許してくれたんでしょう？」

瑶子は頷く。

「あなたのほかにも、有夢ちゃんにお友だちはいるんでしょう？」

瑶子は頷く。母親はパタリとドアを閉めた。


日曜日の午前十時過ぎに出発した。

母親は間際までバタバタしていて、朝食——食事は原則的に父親が作る——も食べなかった。昨夜は徹夜したらしい。

「ほんっと信じらんない。オフレコなんてひとっことも言ってなかったんだよ？　すっごい調子良く、自分からペラペラペラペラ喋ってたくせにさあ」

前日も少し口にしていた小説家への文句を、あらためて父親に言い散らしている。中古の青いサーブの運転席に父親、助手席に母親、瑤子はバックシートに座っている。

「八十パーセントだよ、いや九十パーセントかも。書き直してくれって。じゃあ自分で書けばいいじゃない。しかも締め切りギリギリになって言い出すってひどすぎない？」

母親の仕事は「フリーライター」というもので、有名人にインタビューしたり、町やお店に取材に行ったり、本を読んだりして原稿を書き、それが雑誌やインターネット上に掲載されることでお金を得ている。ときどきは自分の名前で薄い本を出したりもする。

両親はかつては同じ出版社に勤めていたが、五年くらい前にまず母親が辞めて、瑤子が小学校を卒業するのと同時期に父親も退職した。父親は今、週に三、四日スーパーでバイトしつつ家事のほとんどを受け持っている。自分の家がそういう家庭であることを「隠す必要は全然ないんだからね」と瑤子は母親から再三言われてきた——自分の家が一般的ではないと意識もしていない頃から。

長野行きは年に二回ほど、母親のスケジュールに応じて企画される。せっかく両親ともに会社勤めではないのだからと、連休や夏休み、正月休みを避けるから、二泊する場合瑤子は少なくとも一日は学校を休ませられることになる。小学校のときからそうだったが、その頃は「学校なんてそんなに真面目に行かなくてもいいのよ」という母親の言葉に瑶子も同意していたから、旅行はいつも楽しみだった。

日曜出発の恩恵か、高速道路は空いていて、道幅も空もいつもより広々と見えた。梅雨明け宣言はまだだが、今日の空はあかるくて、ときどき陽も差してくる。

「ああ、来られてよかった」

文句を言い終わると母親はそう言って芝居がかった伸びをした。

「あっちは涼しくて、気持ちいいわよ。ね？」

振り返って微笑みかけるので、瑶子もちょっと笑って、頷き返した。母親の身勝手に実際にはまだ腹が立っていたけれど、感情を隠すことはもう癖みたいになっている。

結局、今日一緒に来てしまったのも、そのせいだ。もう中学生なのだから、ひとりで家で留守番するという選択だってあったのだ。でも、言い出せなかった。そんなことは今まで一度も言い出したことはなかったから。学校を休みたくないから家族旅行に付き合わないなんていうタイプの子供ではなかったから。そういう子供じゃなくなった理由を両親に説明するとしたら捏造するしかないのだが、うまくやれる自信がなかったから。それにたぶん心のどこかには、自分が以前とは違う自分になってしまっていることを、認めたくない気持ちもある。

「そう言えばあのあと、佐和子さんから電話がかかってきたのよ」

母親は今度は父親に向かって話しかけている。父親と母親の間にも、なんとなくいつもと違う気配があって、母親がよく喋るのは徹夜明けだからというよりもそちらのせいなのかもしれない。

「向こうから？　なんだって？」

父親が聞き返す。さっきの文句のときよりも上手い答えが返せるだろう、と彼が思っていることが瑤子にはわかる。佐和子さんというのは、夫を亡くしたあとペンションのオーナーを引き継いだ夫人の名前だ。

「レナの体調が悪いんだって。家族全員心配でおたおたしてるから、じゅうぶんなおもてなしができないかもしれない、って」

「えっ、どういうこと」

父親の声が僅かに緊張する。両親の声や表情のどんな小さな変化も瑤子は敏感に感じとる。あたしの体のどこかに、そういう変化を表示する目盛りがついてたら始終ピコピコ動いてるんだろうな、と思う。

レナというのは佐和子さん家族が飼っている白いペルシャ猫の名前だ。瑤子がペンションを訪れるようになったときにはもういたから、けっこう年寄りなのだろう。

「だから来てくれるな、ってことじゃなかったのか」

「違うわよ」

母親は大きなあかるい声で否定する。

「商売なんですもの、そんなこと言うはずないじゃない。ただ、レナのこと、事前に知らせておいたほうがいいと思ったんでしょう。うちとはもう家族ぐるみの付き合いみたいなものなんだし」

「そうなのかなあ。でも、レナが具合悪いって、俺たちも心配だよな」

「だから来てくれたら、レナも元気になるかもって」

「そう言ったのか、佐和子さんは」

「ええ、そう言ったわ」

母親が嘘を吐いていることも、瑶子にはわかる。でももちろん、口を挟んだりはしない。目盛りをもう動かさずにすむように、着くまで眠っていようと決める。


ペンションに着いたのは午後三時過ぎだった。いつもまず通されるティールームには、佐和子さん、佐和子さんの娘の愛さん、それにレナがいた。

いつもなら椅子のひとつにちょこんと座って客を迎えるレナは、今日は床の隅にうずくまっていた。痩せてひと回り小さくなって、子猫みたいに見える。レナ、こんにちは。母親が近づくと、大儀そうに立ち上がって出ていってしまった。

「動けるんですね。起き上がれないくらいひどいと思ってたから、ちょっと安心しました」

母親の言葉に、佐和子さんと愛さんは曖昧に頷いた。

「獣医さんには、見せたんですか」

「ええ、もちろん」

母親と同じ年頃の愛さんがいくらかむっとしたようにそう答え、病院には何度も通ったが、具合が悪いのは年齢のせいなのでどうしようもないと言われたこと、強制給餌や点滴で無理やり長らえさせるのはやめようと家族で話し合ったことなどを、佐和子さんが早口の小声で説明した。

「今日は、泉《せん》くんは？」

父親が話題を変えた。泉は愛さんの息子で、瑤子と同い年だ。

「あの子がいちばんまいってて」

硬い口調のまま愛さんが答えた。

夕食までの間に、両親は近くの共同温泉に入りに行った。瑤子ひとり宿に残ることについては、母親は何も言わなかった。きっと父親とふたりきりで話したいことでもあるのだろう。宿泊も両親の部屋と瑤子の部屋、ふたつが取ってあって、こうした旅行が彼らにとって日頃の何かを修復あるいは修正するための機会であるということも、瑤子はもう察している。

温泉に入らないとすればあまりすることもない場所だった。瑤子はペンション裏の川沿いをぶらぶらと歩いた。イヤフォンでリンド・リンディの「ペルー」を聴きながら、ペルーのことを考えた。

数メートル先の向こう岸で、何かが動いたと思ったら、それが泉だった。瑤子の姿を見つけて立ち上がったらしい。最後に会ったのは去年の秋だったが、そのときからさらに背丈が伸びたように見えた。白いTシャツにデニム、黒いパーカという格好がみょうに大人っぽい。

どきっとしたのをごまかすように、瑤子は勢いよく手を振った。泉は手をふり返さずに近づいてきて、そうすることをようやく思い出したように片手を挙げた。でも笑顔ではなかったし、何も言わなかった。いつもなら、ふざけたりからかったりするのに。

あたしがなにか言うのを待っているのだろうし、あたしがなにか言うべきだ、と瑤子は思ったけれどやっぱり黙っていた。レナは心配だね、とも、レナはきっとよくなるよ、とも、泉は言われたくないだろうと思ったからだ。泉がレナを妹みたいに思っていることをよく知っていた。

「それ、何聴いてんの」

泉が先に口を利いた。彼が近づいてきたときにプレーヤーはオフにしたが、イヤフォンはまだ耳に装着したままだった。

「リンド・リンディ」

「最後の？」

「うん。ペルー」

音楽の話をこれまで泉としたことはなかったけれど、リンド・リンディの名前や、彼が死んでしまったことは知っているようだった。いつも有夢とやっているように、イヤフォンを泉に貸して、「ペルー」を聴かせたい、と瑤子は思った。聴いてみていい？　と泉が言えば、すぐにそうしただろう。でも泉は言わなかった。また黙り込んでしまった。

「ペルーに行きたいんだ、あたし」

それで、瑤子はそう言った。

「え。なんで？」

ちょっとびっくりしたように泉が聞いた。

「ペルーって何があんの？」

わかんないけど、と瑶子は正直に答えた。

「じゃあ、なんで行きたいの？」

「うーん。遠いからかな」

なんだそれ、と言って泉ははじめて少し笑った。そのときペンションの食堂の窓に灯りが点いて、それを合図にふたりは建物に向かって歩き出した。


翌日の朝食を、前夜の夕食同様に一家はそそくさと食べた。

愛さんが作る料理はいつものように手が込んでいておいしかったけれど、食事はどうにも盛り上がらなかった。いつもなら楽しげに料理の説明をしてくれる愛さんは昨夜は一度も厨房から出てこなかったし、給仕をする佐和子さんの笑顔にはあきらかに無理があった。泉はどちらの機会にも顔を見せなかった。シーズンオフとはいえ、ほかの宿泊客の姿がひと組もなかったこともなんだか落ち着かなかった。俺たち以外の予約は断ったんじゃないのか。まさか、そんなことはしないわよ。両親はぼそぼそと囁き合っていた。

瑶子は一人でティールームへ行ってみたが、レナは見当たらなかった。といって、ペンションの中を探して回る気持ちにはならない。レナのことを考えると、なぜか有夢のことを思い出した。昨日の夜は迷った末に電話しなかった。レナのことや泉のこと、宿の雰囲気のことは喋りたくなくて、そうすると一昨日の朝の電話と同じ会話しかできないだろうと思って。

今日は月曜日。有夢はどうしているだろう。今頃は朝礼が終わったあたりだ。校舎までひとりで歩いているだろうか。それともルエカたちに囲まれているだろうか。有夢、今日は瑶子がいなくてさびしいね。瑶子はどうしたの、病気？　さびしかったらあたしたちと一緒にいなよ？　ねえみんな、今日は有夢にかまってあげてね。そんなことを言われているかもしれない。

両親が呼びに来た。車に乗り込み、山のほうへ行く。これも今までなら、愛さんが自分のバンに家族を乗せて、季節ごとのおすすめの場所に連れて行ってくれていた。今日は父親の運転だから、狭隘な山道を上るのは避けて、麓まで行ってロープウェイに乗ることになる。

何度も乗ったことがあるロープウェイだ。紅葉の季節なら声を上げるような景色が眼下に広がるが、今は緑一色しかない。今日は薄曇りで、景色は薄い埃をかぶったように見える。小さなゴンドラの中に、乗り場で一緒になった三十歳くらいの女性ふたりと、家族三人が詰め込まれている。高所恐怖症の気がある父親にベンチを譲って瑶子だけが立っている。父親は自分の膝を、母親は窓の外をじっと見ていて、ほとんど動かない。女性たちはひそひそ声で喋っている。ひとりがこんな場所にはそぐわない、鮮やかなピンクのハイヒールを履いている。けっこう登るんだね。高いね。ここでロープウェイが止まったらこわいね。こわい、こわい。そういう映画なかったっけ……。

瑶子はペルーのことを考えた。まだ方法を決めていなかった。電車、海、薬。ときどき有夢と話題にするけれど、最後は冗談ぽく笑えるような会話にしてしまうから、実質的な相談にはなっていない。でも冗談ではないのだということはふたりともわかっている。ゴンドラのドアをちらりと見る。中からは開かないような仕組みになっているのだろうか。ドライバーとか持っていたら、開けられるかもしれない。ふたりきりで乗せてもらわないとだめだけれど。朝早くとかいちばん遅い時間とか、人が乗らないような時間を狙って、ふたりで乗る。ドアをこじ開け、手を繋いで一、二、三で飛ぶ。ペルーへ。

頂上には屋根付きの休憩コーナーと展望台があるだけで、飲みものの自動販売機すらない。そのことはわかっていたのに、あらためてがっかりさせられるようだった。なんにもないじゃないのお、と女性ふたりがはしゃいだ声を上げながら、展望台へ上がっていったので、そのあとに続くわけにもいかず、瑤子は休憩コーナーのベンチに座った。辺りをウロウロしていた両親も、間もなく座りにやってきた。

「戻ったらすぐ出たほうがいいんじゃない？」

母親が父親に言っている。歩きながらしていた話の続きらしい。父親はうーんというような曖昧な声だけを返す。

「戻ってから、またどこかに行くの？」

瑤子は聞いた。

「お父さんと、もう東京に帰ろうかって話してたのよ。瑤子もそのほうがいいでしょう？」

なんでもなさそうな口調で母親がそう言ったので瑤子はびっくりした。

「なんで？」

「気づまりじゃない、レナがあんなふうで、佐和子さんたちも全然元気がなくて。ごはんもなんだかおいしくないし、それなら東京に戻ってちょっといいレストランでも行ったほうがいいんじゃないかって話になったのよ」

「だって……レナのことはお母さん最初からわかってたんでしょう？　ごはんだっておいしいよ、いつも通りだよ」

「気分的においしく感じられない、っていう意味よ。それにレナがあそこまでひどいなんて思わなかったもの」

「だから帰ります、って佐和子さんたちに言うの？」

「きっと向こうだってそっちのほうがいいわよ。私たちが帰れば、レナにかかりきりになれるもの。言いだすのを待ってると思うわ」

そうだろうか。帰ったほうがいいのだろうか。父親の顔を見ると、例によって唇を尖らせて首を傾げた。そのことに気づいた母親が、「ねえ？　そうよね？」と父親に言う。そうだなあ、そうすれば瑶子も火曜日は学校に行けるしね、と父親は言った。

女性たちが降りてきた。あいかわらずきゃあきゃあ騒いでいる。こんな場所でどうしてそんなに楽しくなれるのだろう。石畳の上をピンクのハイヒールがかろやかに跳ねていく。ピンクの地球外生物みたいだ。ああいうのを履いて歩いたらどんな気分になるだろう、と瑶子は思う。履くだけであんなふうに楽しくなれるのだろうか。一度だけでいいから、履いてみたい。ペルーへ行く前に。

「あたしは残る」

と瑤子は言った。

学校帰りらしい小学生たちが、車の窓を覗き込む。中に親子連れがいるのを見て、ぎょっとして逃げていく。まもなく笑い声が聞こえてくる。

ロープウェイを降りて少し走って、蕎麦屋で昼食を取ってから、待避所に車を停めている。ペンションはもちろん、他人の目があるところではこんな言い争いはできないからだ。

「瑤子の気持ちはわかるわよ。あなたの年頃なら、そっちが正しい、と思うだろうこともわかる」

助手席の母親は振り向かずに喋る。

「でも、正しいのかしらね、本当に。私たちがいることが何かの役に立つと思う？　レナのために何かできることがある？　いくらかわいそうに思ったって、神様に祈ったって、レナはもう助からないのよ。こんな言いかた、ひどいと思うだろうけど、それが現実なのよ。だったら最後の時間を家族だけで静かに過ごさせてあげましょうよ」

「でもあたしは帰りたくないの」

瑤子は言った。声に出すたびに、その意思はかたまっていき、ぜったいに譲れない、という気持ちになっていく。

「なんでよ？」

苛立ったように母親が聞いた。理由を求められれば答えられず、間違っているのは自分のほうだ、と簡単に考えが変わってしまいそうになる。

瑤子が押し黙っていると、母親は荒々しい溜息を吐いた。

「お母さんねえ、クタクタだったのよ。瑤子も知ってるでしょう？　先週からずーっと仕事が詰まってて、やっと仕上げたと思ったらわけわかんないダメ出しが入って。それも徹夜でなんとかして、ここに来て、やっとゆっくりできると思ってたわけ。おいしいもの食べて、のんびりして。そういうの、どうしても必要なのよ、お母さんの仕事には。そういう時間がないと保たないのよ。ストレスとかそういうこと、瑤子にはまだよくわからないかもしれないけど。だからもうここにはいたくないの。はっきり言って気分が悪いの。ね？　わかってもらえない？」

わかる、と瑤子は思う。母親の言っていることはよくわかる。母親はいつも忙しい。許容量いっぱい仕事を受けているのに、新しい仕事が入ると「断るともう次はないかもしれないから」と言ってそれも引き受けてしまうことを知っている。突発事や仕事先の相手の都合でプライヴェートの予定がくるわされることは、今回だけでなく度々ある。父親が自分に続いて会社を辞めたことが母親にはそれこそ予定外のことだったのも知っている。

母親は、大変なのだ。だから年に二回しか訪れないペンションの飼い猫にはかかわりたくないのだ。元気なときはよかったけれど、もう死にそうだから。レナのことも、レナを子供みたいに思っている人たちのことも見なくてすむ場所へ逃げ出したいのだ。

「じゃあお母さんとお父さんだけ帰ればいいじゃない。あたしは残る。火曜日に、電車で帰る」

意地になっているわけではなかった。どうしても、そうしたいのだった。間違っているとしても。なんなのよ、もう、と母親がヒステリックな声を上げた。

「いいよ、わかったよ」

父親が突然口を利いた。

「俺も残る。俺が瑤子を連れて帰るよ」

母親は「はあ?」と言った。それからしばらく、両親が言い争うのを、瑤子は不思議な、何かテレビドラマでも観ているような気分で眺めていた。


結局、誰も帰らないことになった。

けれどもその夜の食事はペンションでは取らず、車で近くのレストランまで食べに行く。ペンションに戻り、部屋に閉じこもってさらに言い合いの続きをしていたらしい両親の妥協点がそこだった。

「あたしは残る」

と瑤子はやっぱり言った。ペンションに残りたいというよりは両親と一緒に食事をするのがいやだった。父親と母親はそれぞれの顔で娘を見た。父親がさっきのように母親に逆らうことはめずらしかったが、彼はすでにそのことで力を出しつくしてしまったかのように見えた。そして母親のほうは今や彼女のストレスの元凶はレナでもペンションの人たちでも瑤子でもなく、父親になっているようだった。ひとりで残るなら食事はどうするか相談し——近くのコンビニでお弁当を買ってくるよと瑤子は主張し、ペンション側にはすでに今夜の外出のことは伝えてあったから、あらためて瑶子のぶんだけを頼むよりはそちらのほうがマシだろう、ということになった――、コンビニまでは両親と一緒に車に乗っていくことを条件に、別行動が許可された。

午後六時過ぎ、おにぎり三つと唐揚げとペットボトルのお茶を提げて、瑶子はひとりでペンションに戻った。玄関を入ったところで、愛さんが廊下をバタバタと横切っていくのが見えた。瑶子に気づいたはずだが、声はかけられなかった。瑶子はそのまま部屋に戻って、ドアを閉めた。

まだ暮れきっていない空が、部屋の灯りを点けると突然夜になったように感じられた。佐和子さんが手作りしたパッチワークのベッドカバー、壁にかかった押し花の小さな額、緑色のペンキを塗った――塗ったのは佐和子さんのご主人だと聞いている――木製の椅子。小さな頃から見慣れているそれらのものが、突然よそよそしくなったようだった。瑶子はベッドに上がりヘッドボードに背中をもたせて、有夢のスマートフォンに電話をかけた。

「なに。どうしたの」

いかにも不機嫌そうに有夢の声が応える。でも、本当に不機嫌なときは電話に出ないから、よかったと思うべきだろう。

「どうだった、今日？　大丈夫だった？」

「大丈夫」

「お弁当、誰と食べたの？」

「ルエカたちに誘われた。でも大丈夫」

「あたしのこと、なんか言ってた？」

「病欠だと思ってるみたい。そういうことにしといたよ。家族旅行で休んだなんて知られたら、またいろいろ面倒でしょ」

「今日、全然ライン来ないのが、逆に心配だったんだけど」

「大丈夫だったら」

「ほんとに？」

「ほんと」

ほんとだと、瑶子は思うことにした。ほんとじゃないとしたって、どっちみち有夢は今日は話さないだろう。

「明日、やっぱり帰れないから」

何を言えばいいか考えた末にそう言うと、

「わかってるよ」

と有夢はいっそう不機嫌な声で言う。

「それを言うためにかけてきたの？」

「うん……そうなのかな。ごめん」

「あやまる意味がわかんない」

有夢がそう言ってから、しばらく考える気配があった。

「どうしたの。そっちでもなんかあったの？」

「そっちでも」と有夢が言ったことに瑶子は気がつく。でも気がつかなかったことにする。

「ううん。ない。ないよ、なんにも。明後日には学校行くから」

「当たり前でしょ。来なかったらマジで怒るよ」

電話を切ると、突然すべての音がぷっつりと消えたみたいな感じがして、瑤子は泣きたくなった。でも泣きだす前に、いくつかの音が聞こえてきた。バタバタという足音。ドアの開閉の音。それから泣き声。あれは佐和子さんと愛さんの声だ。

それらの音を聞きながら、しばらく瑤子はじっとしていた。それからそっと部屋を出た。表はもうすっかり暗くなっていて、微かに届く建物の灯りを頼りに、川沿いを歩いていく。この前見たときと同じ場所に、泉が立っているのが見えた。

行かないほうがいいかもしれない、と思ったけれど、行きたいと思う気持ちのほうが強かった。帰らないと言い張ったのはこのためだったのだと思った。瑤子が近づいていくと、泉はゆっくりとこちらに顔を向けた。

「レナ、死んだの？」

泉は頷いた。

「聴きたい？」

瑤子はイヤフォンをつけたままのスマートフォンを差し出した。泉はちょっとびっくりした顔になったが、もう一度頷いた。

瑤子は渡した。泉がイヤフォンを装着し、「ペルー」を聴くのを見つめた。その頰に涙が一筋伝って、薄い灯りに照らされて光ったのを見た。

4　孝

木明孝《きあけたかし》がＤの名前を思い出したのはツイッターによってだった。

ながらがらの下り電車の車内で、ほかにすることもないのでスマートフォンでツイッターを眺めていたら、フォローしているフォークシンガーがＤのことを呟いていたのだ。今日でちょうど没後十年になる、という感慨だった。あっ、と孝は思った。ふいに過去のドアが開いて、風のような光のようなものがやってきた。Ｄだ、Ｄじゃなかったか。しばらく前に、その名前を思い出そうとしてやっきになっていた一時期があった。

ネットで検索をかけてみた。名前を思い出しさえすれば、あとは簡単なことだった。やはりＤだ。二十八歳のとき来日、一年余を原宿で暮らす、とあるので間違いない。ずっと思い出せなかった名前。アメリカの詩人。Ｄは十年前にオートバイ事故で死んでいた。最後の詩集にインスパイアされた映画を日本人の監督が作ったすぐあとくらいのことで、表向きは事故だがじつは自殺だったとも言われている。そういえばそんなニュースを聞いた覚えもあったが、そのときはそれがＤのことだとは気がつかなかった。結局のところＤのことは、つまり思い出したかった詩人のことは、もうすっかり忘れ果てていたのだ。

孝はスマートフォンをポケットにしまうと、電車を降りた。

遠い、ということ以外は知らない町の駅だった。住所を入れた地図アプリに従って、斎場を目指した。

来ないでくれと言われていたが、葬儀の日程や場所を聞いたらメールで教えてくれたので、来てほしいということだと考えていた。それに、行くべきだろう、もちろん。亡くなったのは恋人の母親だった。がんが見つかり医者の余命宣告通りに半年もたなかった。会ったことはない、もちろん。朝子とは、親に紹介してもらえるような関係ではないから。だからこそ、こういうときには行ってやるべきだろう。

曇天で蒸し暑く、斎場は遠かった。今日は学校の夏休みの初日で、妻も娘も家にいたが、バイトの上司が亡くなったのだと説明して孝は出てきた。夫のバイトにかんしては仕事内容にも人間関係にも妻は関心を持っていないから、嘘を吐くのは簡単だ。無関心なわけではなく気を遣っているのだと、妻は言うだろうが。どっちにしても同じことだと孝は思う。見下されている、という事実において。

人の少ない告別式だった。詰めて座らされたから、親族席の朝子までの距離が近かった。眉が濃くバタ臭い顔立ちの朝子は、喪服を着ているとイタリアの女優みたいに見える。不謹慎だがそそられた。今日、式のあとでどうにかふたりきりになれないだろうか。朝子もそうしたいのではないか。焼香のときに朝子ははじめて孝に気づいた様子で、一瞬、顔が歪んだ。堪えていたのに泣かせてしまったのかもしれない。許されるなら駆け寄って肩を抱いてやりたかった。

出棺を待つ人たちの中に孝も混じった。ほとんど、焼き場まで行く決意をしていた。あなたはどこのどなたですかと誰かに聞かれたら、故人とは面識はなかったが朝子さんの知り合いで、彼女を力づけるために来ましたとはっきり言おう、と。詮索されるかもしれないしリスクもあるが、そのくらいの責任は彼女に対して負うべきなのだ。だが誰からも何も聞かれず、棺が運ばれてくるより先にスマートフォンがラインのメッセージを着信した。廊下の先まで移動してたしかめてみると朝子からで、「今すぐ帰って」と書いてあった。


二年前、八ヶ岳の麓の中古別荘を、もう少しで買うところだった。

見つけたのは孝だった。ネットサーフィンしているとき、手頃な値段の心惹かれる中古物件を、たまたま目にしたのだ。そのページを妻にメールで送ってみたら、現地に見にいってみようということになった。妻が不動産屋に連絡し、その週末に出かけた。話の早さに孝のほうが戸惑うほどだったが、そういうタイミングでもあった。夫婦の関係が、はっきりした理由がないままかなりまずい感じになっていて、離婚という選択肢を避けるとするならそのかわりになにか思い切ったことをしなければならない、とたぶんふたりとも思っていたのだ。

池のほとりの、あの小さな可愛い家は、今でもときどき孝の夢にあらわれる。リビングの前がすぐ池になっていて、すばらしい眺めだった。家は築何十年も経っていて、あちこちかなり傷んでいたが、嫌みのない造りで、百万くらいかけて手を入れれば洋書に出てくるような洒落た家になる可能性を秘めていた（と妻が言った）。その年、彼女が出した本が予想以上に売れて、ちょうど別荘の代金ぶんくらいの余裕があった。買っちゃおう。妻が先にそう言った。買っちまえ、買っちまえ。だから孝もそう言った。そういう順番だったことは強調しておきたい——そのあとに起こらなかったこと、起こったことの責任をどちらかが負わなければならないのなら。

そう、結局、買わなかった。手付金と仲介手数料を一割払って、それをまるまる無駄にした。突然、妻が翻意した。仮契約日から本契約日まで二週間ほどあって、その間にあれこれ考えたり、知人に相談したりしたらしい。夫婦間の小さい諍いもいくつか起きた。別荘とは無関係のいつものよくある言い争い——あたしばっかり働いてるとか俺だってやれることをやってる、とか、あなたには向上心ってものがないとか君のために犠牲にしているものが俺にだってある、とか——だったが、ようするに妻は、別荘を買ったって無駄だ、という考えに至ったのだろう。そのぶんの金を自分の口座に蓄えておくほうが現実的だ、と。

事後処理にあと一回、東京の不動産屋に行く必要があって、それには孝ひとりで行った。妻が行くはずだったのだが、直前にどうしても予定変更できない仕事が入ったと言われて（嘘だと孝は思っている）。成約しなかったからなのか、担当者は不在でそのかわりに応対したのが朝子だった。ふさふさした真っ黒な髪の、睫の長い、肉感的な唇の、三十代半ばの女。用事が済んで、エレベーターホールまで見送りに来た彼女を、ナンパした。そんな真似をしたのは誓って生涯ではじめてだったが——いける、という気配が朝子のほうにあったし、孝のほうは、どうしてもそうしなければならないように思えたのだった。ようするに朝子は孝にとって、買うのをやめた別荘のかわりだった。もちろん、別荘のように妻と共有することはできないが、朝子と関係を持つようになったことで、夫婦の関係は前よりもよくなった。孝はそう思っている。すくなくとも孝は、もう妻に何を言われてもほとんど言い返さなくなった。

朝子から帰れと言われ、その午後の予定はあっさりなくなったが、駅前の中華屋でうまくもないラーメンを啜ったあと、そのまま家に戻る気にはならず、孝は帰路とは逆方向の電車に乗った。いいご身分ね、という妻の声が聞こえる。たしかに平日の午後三時に大の男がふらふらすることができるのは、正規の仕事についていないからだし、生活費の大半を妻の稼ぎに頼っているからでもあるだろう。しかし会社を辞める権利は俺にもあったはずだ、と孝は思う。実際、そのことを相談したときには妻も賛成した。うまくいくと、あいつだって思っていたのだ。名のある小説誌で新人賞を取ったあと、二作目以降がまったく誰からも認められないなどという事態は想像もしていなかった。これからはフリーライターと作家の夫婦としてやっていくのだと信じていた──俺だけじゃない、ふたりともだ。運と、認めるならば才能もなかったのだろう。だがどちらも俺のせいじゃない、と孝は思う。失敗したからといって、会社を辞めたことを今更責められるのは理不尽だ。俺はやれるだけのことはやったし、今もやれることをやっている。

ホームの駅名を見て、理由はわからなかったがそこで降りてみる気になった。駅舎の前の広場から続く道を歩いていく。ひどく暑く、喫茶店を探したが、見つからないまま道は民家と畑の中へ入っていった。熱気と湿気で風景は薄く埃をかぶったように感じられる。このまま進んでもどうにもならないとほとんど確信しながら、引き返すのは負けのような気分で孝は歩きつづけた。

東京郊外の、とくに見るところもない風景。建ったばかりのような家がなぜか多く、どの家も競い合うように悪趣味なパステルカラーで外壁を塗っている。ピンク、ラベンダー、うすいオレンジ。もう二度と来ない場所だと思えば、このつまらない景色にも意味があるように思えてくる。あるいは何年か経ったあと、脈絡もなく思いだして、この風景はいつどこで見たのだったか、と考えたりするのかもしれない。思い出せれば、何かが回復できるような気持ちになるのかもしれない。Dの記憶のように。

原宿のレストラン。

Dのことはそこで知ったのだった。路地の小さな店だった。青山通り沿いのギャラリーで知り合いのイラストレーターの個展のオープニングパーティがあって、その帰りにたまたま寄った。まだ結婚する前の、恋人だった妻とふたりで。ちょうど今ぐらいの半端な時間で、空いているのがその店くらいしかなくて。空腹というより、パーティのくだらなさについてふたりで思いきり喋りたくて。昭和で時間が止まったような、カウンターだけの店内には、料理を作る老人ひとりきりしかいなかった。人懐こい老人で、ビーフシチューとポークピカタをサーブしながらあれこれ話しかけてくるから、この壁の写真の、あなたと一緒に写っている人は誰ですかと孝が訊ねたのだった。このひとはアメリカの詩人だよ、と老人は答えた。向こうじゃ有名なひとなんだよ。去年までこの近所に住んでいて、うちを気に入って毎日食事しに来たんだよ。この写真は一緒に釣りに行ったときのものなんだ。

不思議なものだ。老人の記憶が自分たちの記憶にもなって、体の中のどこかに保存される、ということとは。問題は、完璧な形では保存されないし、時間の経過とともに劣化もするということで、それから数年後、妻とともに思い出そうとしたときには、詩人の名前はすっかりふたりの中から消え果てていた。個展のオープニングパーティで出たシャンパンが冷えてなかったこととか、ビーフシチューが妙に甘かったこととかは覚えていたのに。インターネットでも検索してみたが「詩人　アメリカ　原宿」のキーワードだけではなにも引っかからなかった。ネットは今よりずっと未成熟であっただろうし、詩人はあの頃、日本ではまだ無名に近かったのだろう。

ふたりともどうしても思い出せない、ということで、数日間は盛り上がっていただろうか。相手より先に思い出してあっと言わせたいと思っていたが、思い出せなければ不幸になるなどとはもちろん思っていなかった。あの頃はまだいろんなことが、今よりもずっとよかった。だからそれきり詩人のことは忘れていた。

いつの間にかフェンスに沿って歩いていて、その向こうは学校だった。

部活動だろう、運動着の子供たちがグラウンドで走ったり屈伸運動をしたりしている。中学校のようだ。

娘が通っている私立校に比べると、いかにも田舎の学校という感じだ。大きな四角い箱みたいな校舎も、子供たちの顔つきも。瑤子もこういう公立校に通わせたほうがよかったんじゃないか、と孝は思う。中学受験に積極的だったのは妻だった。今の女子校には本人も行きたがっていたから反対はしなかったが、中学生になってから瑶子は、あきらかに表情が少なくなった。以前はもっといろんな顔で笑ったし、憤慨したり駄々をこねたり悲しがったりしていたのに。思春期なのよと妻は言い、そうだねと孝も頷いたが、それだけではないだろうとたぶんふたりとも思っている。

娘のことを考えていたせいか、カーブした向こうのフェンスに貼りついているふたり組が、瑶子と隣家の有夢に見えてくる。まさかなと思いながら近づいていくと、もう間違えようもなくなった。とたんに孝はなぜか、踵を返して駅へ逃げ戻りたくなったが、その気持ちを覆い隠すように「瑶子」と声をかけた。

娘たちが振り向き、目を見開いた。まるで化け物にでも会ったような顔だと孝は思う。

「なにやってんだ、こんなとこで」

こちらを凝視したままのふたりが一言も発しないので、孝が聞いた。

「お父さん？　なんで？　お葬式は？」

ようやく瑶子が答える。家から何十キロも離れたこんなところで親子がばったり会うのはもちろんびっくりすることに違いないが、それにしてもそんなに脅えたような顔をすることはないだろう。

「葬式は終わったよ。それでちょっと……届け物がこっちにあって。仕事の」

こんな言い訳で納得するだろうかと思いながら孝は言ったが、そこでようやく娘たちの顔から緊張がいくらか消えた。

「あたしたち、電車に乗って、適当に降りたの。知らない町を探険したくて」

ね？　というふうに瑶子は有夢を振り返り、ぽっちゃりした少女はとってつけたように微笑んでみせた。

「探険か。適当に降りてみるって、いい考えだな。自由研究？」

「そういうんじゃないけど、なんとなく……」

「誰か知ってる子でもいたのか」

「え？」

「いや……この学校。グラウンドを見てたからさ」

「べつに見てないよ。休んでただけ」

そうか、と孝は答えた。娘たちの表情がまた微かに強ばっていくように感じられる。なぜだ。会いたくないところで会ってしまった、という気配が伝わってくる。これも、思春期だからだ、ということにしておけばいいのか。そして孝自身も、もうこれ以上ここで娘たちと会話したくない、と思っていたが、そのことを認めたくないという気分もあった。

「そういえば海ちゃんはどうしてるんだ。夏休みになったんだから会えるだろう」

去年越していった少女のことに自分がどうして今言及したくなったのかわからぬままに孝は聞いた。娘たちは顔を見合わせ、その表情を見た瞬間に、聞かなければよかった、という後悔はたちまち膨らんでくる。

「そうだね、そのうち」

と瑤子が答えた。

「それじゃ、お父さんの用事はこっちだから」

気をつけて帰れよ、あまり遅くなるなよと孝は言った。娘たちは頷いて手を振った。あの電柱まで歩いたら振り返ってみよう。そう思いながら孝は結局一度も振り返らずに、どこへ向かっているのかもわからないまま歩いていった。


待ち構えていたのだが、妻からは何も言われなかった。

ということはあの日、辺鄙な町で父親にばったり出会ったことを、瑤子は母親にあかさなかったのだ、と孝は考えた。拍子抜けしたが正直なところ予想通りでもあった。予想できたからこそ、もしもあの日の行動を妻に問い質されたら、本当のことを答えてやろう、などと考えることができたのかもしれない。

問い質されなかったから、もちろん朝子のことはまだ打ち明けていない。日が経つうちに、はやまらなくてよかった、と思うようになってきた。今年の春に四十歳になった朝子をどうにもしてやれない自分に腹が立っているのだが、だからといって妻との離婚を望んでいるわけではないのだから。少なくとも、今はまだ無理だ。娘とは離れ難いし、ひとりになって自活するだけの経済力もない。

自分が情けない男だとは孝は考えなかった。ただ、自分ではどうにもならない巡り合わせで、情けない状況にいるのだと考えた。その埋め合わせのように、朝子への思いが高まった。朝子と以前のように連絡が取れなくなったせいもある。彼女からのメールやラインは途絶えていて、孝から送っても返信はなく、電話をしても留守番電話の応答に切り替わるばかりだった。なにしろ母親が亡くなったのだから、事後処理に忙しくしているのだろう、と孝は考えていた。それに気持ちを落ち着ける時間も必要だろう、と。

ようやく朝子が電話に出たのは、八月に入ってからだった。翌日の昼に、新宿の喫茶店で待ち合わせした。朝子が指定したのだが、はじめて行く店だったし、そもそも喫茶店で会う、ということがめずらしかった——これまではいつも、朝子のマンションで会っていたから。そのうえそこはサラリーマンが休憩に利用するような、だだっ広いだけのチェーン店だった。別れを切り出すときにそういう店を選ぶという女の心理について、あとになって孝は無意味に考察することになる。

テーブルの上にはアイスコーヒーとクリームソーダが置かれていた。クリームソーダは孝が頼んだものだったが、そのことさえ疎ましい、という顔を朝子はした。もうすっかり決めていて、言い淀みもしなかったし、涙を浮かべもしなかった。

「なんでだよ?」

孝にはさっぱりわけがわからなかった。

「ほかに男ができたとか、そういうこと?」

下世話な物言いだと孝は思う。朝子に向かってそんな言葉を吐いているのが信じられなかった。そういう関係ではなかったはずなのに。世間一般のそういう関係とは違う、互いにもっと特別な、美しい存在であったはずなのに。

　朝子は軽蔑したように首を振った。

「母の葬儀に、来ないでって言ったのに」

「それが理由なのか？」

「私のために来たんじゃないでしょ。自分のために来たんでしょ。自己満足のために。来ないでって言ったのに、それでも来れば、愛情とか誠実さとか、そういうものが証明できると思ったんでしょ。私が喜ぶとでも思ったの？」

「朝子を力づけたかっただけだよ」

「お葬式に来るなんて誰だってできるわ。私の身内にあなたのことを知ってるひとは誰もいないんだもの、あなたには何の危険もない。あなたはね、安全な、簡単にできることしかしないのよ。それで何かをした気になっているの。そういうひとだってとっくにわかっていたのよ。それなのに……」

　朝子はそこではじめて涙を見せたが、それは別れの辛さからではなく、孝のような男に引っかかった自分への悔しさからであるようだった。席を立ち歩き去っていく朝子の背中を、孝は呆然と眺めた。


　誰にも言っていないことがあった。

　この場合、言う意味があるのは妻に対してだけだから、「誰にも」というのは「妻に」という意味だが。ただ妻だけでなく、自分自身に対しても、思い出すのを拒否していて、なかったことになっていた。

そのことをなぜか今、孝は思い返した。朝子から捨てられて自宅へ戻る電車の中で。あれは、朝子と出会う少し前のことだった。新人賞をとったあとの二作目が、書いても書いても編集者から突き返されていた頃。いや違う、もう少し正直になるなら、書いても書いても突き返されて、もう何を書けばいいのかわからなくなっていた頃。いや違う、もう何も書きたくなくなっていた頃だ。平日の昼間、ひとり原宿へ行ったのだった。あの頃はまだバイトはしていなかったが、外出の理由として「編集者と打ち合わせがある」という嘘を吐くことができた。

結婚してから原宿へ行く機会はなかった。街はすっかり様変わりしていて、レストランの場所を思い出すのがまず一苦労だった。それらしい路地をぐるぐる歩いて、レストランにたどり着けないのではなく、あのレストランはもうないのだ、ということに気がついた。

それがわかってあらためて探してみると、ここだったのではないか、という一角があった。今は自然志向の雑貨屋になっていて、扉を開けて入ってみると、オーガニックコットンの服や添加物フリーの瓶詰めやハーブティーや、石や木で作られたプリミティブな置物の向こうに狭いカフェスペースがあったので、孝はそこに座った。黒板に記されたメニューにはクリームソーダもあったのだが、このときはコーヒーを注文した（どんなクリームソーダが出てくるのか不安だったからだ）。

草木染めふうのTシャツに花模様のロングスカートを穿いた店の女は、ひょっこり入ってきた男がそそくさと出ていかないことがひどく意外そうだった。客はほかに誰もいなくて、今やらなくてもいいようなことをやりながらちらちらこちらを気にしているのがわかったので、「あの」と孝は声を発したのだった。

「……この店、どのくらい前からやってらっしゃるんですか」

「来月、一周年なんですよ」

女は幾分警戒しているふうに答えた。

「一周年。じゃあ、新しいお店なんですね。もしかして、以前はここ、レストランじゃありませんでしたか」

「ええ。レストランでした」

「洋食の？　おじいさんがひとりでやってた？」

「ええ、そう」

「そうですか、やっぱり。僕、大昔にそのレストランで食事したことがあってね、懐かしくて探してみたんですよ」

「全然違うお店になっちゃってて、ごめんなさいね」

その辺りで孝は気づくべきだったのだろう——女の表情が険しくなってきたことに。あるいは女は「勝てる」と思ったのかもしれない——何の勝負だったのかわからないが。

「店を手放したってことは、引退しちゃったのかな。彼が今どこにいるか、ご存知ですか」

するとと女は右手の人差し指で天井を指した。

「死んじゃったのよ、そのひと」

「え？」

「死んじゃったの。夜中に真っ裸で表参道駆け回って、青山通りに出たところで郡山ナンバーのアルファロメオに轢かれちゃったの」

冗談ですよと女が笑いだすことを期待しながら、孝は黙っていた。

「そういうことをわざわざ教えてくれるひとっているんですよね。それもひとりだけじゃなくて何人も……。おかげさまで自分が見たことみたいに詳しくなれたわ。この店を私たちに売ったのは、彼の甥御さんだったらしいです。前のひとがそういう死にかたをしたから、ずいぶん値段を下げていたらしいわ。とくに安いとも思わなかったけど。店で死んだわけじゃないから、告知義務はなかったんですって、これも親切なひとが教えてくださったんですけど」

詩人のことを聞いてみようかと孝は考えた。この店を買ったとき、壁にはまだ写真が貼ってあったのではないか、と。だが聞かなかった。女が写真を見ていたとしても、詩人の名前を知っているとは思えなかったし、さらなる質問をすることで、女の口からさらなる呪いの言葉が吐き出されそうでこわかったのだ。


「目玉焼き、何個にする？」

孝は聞く。一個でいい、という答えが妻と娘のそれぞれからあって、フライパンに卵を割り入れる。大きなフライパンで妻と娘のぶんを、小さなフライパンで自分用の二個を。傍らでソーセージも焼く。

夏休みだから学期中よりも時間が遅いということもあるが、朝食のテーブルに妻が加わるのはめずらしかった。早起きしたのではなく徹夜したせいだ。昨夜も、孝の隣のベッドは空いたままだった。

オーブントースターでかるく温めたロールパンを籠に盛って、テーブルの中央に出す。瑶子がコーヒーメーカーからサーバーを外して持ってくる。家族三人揃ったテーブルは、妻だけでなくもっと何かが増えたような、あるいは逆に何かが損なわれた感じがする。

「今日はどういう予定？」

何か言わなければならないから言う、というふうに妻が聞いた。どちらに聞いているのかわからず、孝と瑶子は目を見交わす。

「瑶子、今日は市民プールでも行かないか？」

孝はそう言ってみた。今日はバイトは休みだ、という答えも兼ねている。

「あーごめん、もう有夢と約束しちゃった」

「そうか。じゃあまた今度な」

「毎日毎日有夢ちゃんと一緒で、よく飽きないわねえ。なにしてるの？」

妻が言い、

「いろいろ」

そう答えてから瑶子は孝をちらりと見た。懇願、あるいはいっそ脅迫されているようにも思えた。この前あの町で会ったことは言わないから、お父さんも言わないでね、と。

「ごちそうさま」

瑶子が席を立つ。自分のマグカップと皿をシンクまで持っていくのは感心だが、コーヒーを全部飲んでいないのをごまかすためだろう、と孝は思う。ロールパンも半分だけちぎった残りを籠に戻していた。親子で会話をしようと試みるほど、娘の食卓滞在時間は短くなるようだ。

「ああ、肩凝ったあ」

妻が伸びをした。もう仕事に戻ってくれればいいのに、まだ席を立つつもりはないらしい。孝はなんとなくテーブルの上を眺めた。鮮やかなブルーのマグカップがふたつ、ふたりともさっきサーバーから注ぎ足したからまだカップに半分ほどコーヒーが残っている。目玉焼きはもうどちらも食べ終えて、ソーセージが一欠片だけ、妻の皿にのっている。ロールパンは娘が残した半分を孝が食べたから、籠の中にあとひとつ残っている。

ほかにもテーブルの上にのっている。今ここで妻に話してみたらどうだろうと思える話題。いくつかある。詩人のこと。あのあとひとりで原宿まで行ったこと。あの老人がとんでもない死にかたをしていたこと。でも今、詩人の名前を知っていること。朝子のこと。別荘を買わなかったときの不動産屋の女と関係ができて、二年ほど付き合っていたが、彼女の母親の葬式に行ったせいで捨てられたこと。それから葬式の日、辺鄙な町でバッタリ瑶子たちに会ったこと。

話すべきだ、と孝は思う。だがどれを話せばいいのかわからない。どれを話すことが正しいのか。どれを話すことが有用なのか。何のために話すべきだと思うのか、話せばどうなるのか、どうなってほしいのかも、わからない。

朝食の片付けものをしているとき、行ってきますとキッチンを覗き込んでから瑶子が家を出ていった。孝はキッチンの窓から、瑶子と有夢が家の前の歩道に自転車を並べて何か話しているのを見た。それからふたりは自転車に跨って、走り去った。

孝は手を拭くと、妻が仕事部屋にしている四畳半へ行った。ドアがないので襖を細く開けて、「あのさあ」と声をかける。

「さっき電話があって、ちょっと人手が足りないみたいで、これからバイト行くから」

妻は振り向き、一瞬、不審げな顔をしたが、「わかった」と言った。

「帰りに無糖のヨーグルト買ってきて」

「了解」

孝は家を出た。バイトというのはもちろん嘘で、あの町へ行こうと考えていた。瑶子と有夢に会った町。あの子たちが金網に張りついて、中学校のグラウンドを見ていた町。

あの町はたしか、海が越していった町ではなかったか。そのことを思い出したのだった。いや、実際には、たぶんあの日娘たちに会ったときに、そのことに気づいていた。そして海ちゃんはどうしているのかと聞いたときに、娘たちがそれを知らないふりをしたことにも。

だから俺はもう一度あの町へ行ってみよう、と孝は思っていた。だが歩き出してすぐ、自分は行かないだろうとわかった。行ってどうなる。原宿のあの店にも行ってみたが、どうにもならなかった。ひどい話を聞いただけだった。Dの名前を思い出したが、何かが変わったわけでもない。葬式に行ったら捨てられた。行かないほうがましだ。それに俺があの町へ行こうと思うのは、瑶子や海のためなんかじゃないのかもしれない。俺はどうせ、安全な、簡単にできることしかしない男なのだから。

5　奈緒

麻布の住宅街の中に紛れ込んだ、間口からすると驚くほどの奥行きがある店だった。

二階のフロアすべてを貸し切りにしてパーティは開かれていた。男性九人、女性九人、進行役として、パーティを企画した会社の男性と女性——ともに四十代半ばくらいに見えるから、すぐにそれとわかるけれど、念の入ったことにスーツの腕に腕章をつけている——の計二十人。

立食式で、中央のテーブルにタパスがとりどりに並んでいる。スペイン料理のレストランなのだ。飲みものはバーテンがいるカウンターで好きなものを注文することになっている。カウンターへ行くのは男性、という不文律ができあがっているから、女性は「何をお飲みになりますか？」と声をかけられるのを待っていればいいだけだが。奈緒ももちろん声をかけられた。萩原と名乗った背の高い男が、奈緒のための白ワインと、自分用のグラスを両手に持って戻ってくる。

「ありがとう。それは何？」

と奈緒が男のグラスの中身を聞くと、バーボンソーダだと萩原は答えた。

「お酒、強いんですね」

「いや、弱いんですよ。弱いから、ソーダで割らないと飲めない」

「ソフトドリンクもあったんじゃないかしら」

「少しは酔わないと、勇気が出ないから」

萩原は笑い、奈緒も笑った。感じのいい男《ひと》だと思った。迷ったけれど来てよかった。こういうひとと出逢えるなら、婚活パーティも悪くない。

とはいえパーティはまだはじまったばかりだったから、ふたりはしばらく話してから、それぞれべつの相手と話すために会場内を歩きまわった。再び、どちらからともなく近づいたのは、テーブルの上にメインの肉料理が並んだ頃だった。

「リンド・リンディとか、聴きますか」

二言三言、交わしたあと、萩原が言った。次に奈緒に会ったらこの話をしよう、と決めていたのだろうと思わせる口調で。

「え？」

と奈緒は聞き返した。ちゃんと聞き取れていたのだが、なぜだかその話はしたくない、と感じた。

「リンド・リンディ。僕、好きなんですよ。この前フィルムコンサートに行ってきたんです。ライブハウスでやる、小規模なやつですけどね、追悼の……」

「亡くなったんですか？」

そういえばそんなニュースを耳にしたことがあったかもしれない、と思いながら奈緒は言った。教師になってから音楽を聴く機会はほとんどなくなり、情報にも疎い――だからこの話題を避けたいと思うのだろうか？

「そうか、それも知らないんだね。まあ、そうだよね、知らないひとは知らないよね、リンド・リンディなんて」

萩原は苦笑し、「肉、もう食べた？」と話題を変えた。

八月一日から十五日までは、学校の方針で生徒の登校が禁止されている。だから奈緒が顧問を務めているダンス部の部活動も休みで、奈緒にとっては、からくも自分の時間が取れる期間でもある。

それでも完全には休めない。部活動がなくても登校して片付けなければならない仕事がいくつもある。中学・高校教師の勤務形態が超ブラックと言われる中で、奈緒が勤める私立桐ヶ丘女子学園の労働条件はかなり恵まれているほうらしい——同時期に教師になった大学の同級生たちから絶望的な話がいくらでも耳に入ってくる——けれど、この学校しか知らない奈緒にしてみれば、いつでも追い立てられている感覚がある。

昨夜も婚活パーティから帰宅した後、その時間を埋め合わせするように、パソコンに向かって新学期の授業スケジュールを調整していた。課題を出すとして、それを採点する時間をどこで確保するか。奈緒には経験はないが、家計簿をつけるというのはこういう感じなのではないかと思う。だとすればその家計簿はいつでも赤字だらけだ。結局、デートする時間も、余計なことを考える時間も削らないとやりくりできないことになる。

明け方近くにベッドに入り、起床したのは十時過ぎだった。祖母が奈緒のために毎日作っておいてくれる野菜のスムージーを冷蔵庫から出して飲んでいると、父親も二階から降りてきた。彼も昨日からお盆休みを取って家にいる。

「昨日はけっこう遅かったみたいだな」

難ずるのではなく、朝の挨拶のように父親は言う。「若い人たち同士の気軽な食事会みたいなもの」という言いかたで、婚活パーティの案内状を奈緒に持ってきたのは彼だった。だから当然、昨日の首尾を知りたがっているのだろう。奈緒が帰ってからも仕事をしていたことには気づいていないか、気づかなかったことにしているようだ。

「飲む？」

と奈緒が緑色の液体が入ったグラスを掲げて見せると、父親は遠慮するよと答えて、大仰に顔をしかめた。父娘の仲は良好だが、母親を早くに亡くしたせいで、父親は成長した娘との距離について模索し続けているようなところがある。

「一時近かったかしら。終電に間に合わなくて、タクシーで帰ってきたの。二次会まで行ったから」

「生徒には聞かせられない話だな」

父親は用意していたらしい言葉を返す。

「料理は旨かったか」

「うん、立食にしてはおいしかった」

「楽しかったのなら、よかったよ」

もちろん父親は、聞きたいことを聞けずにいるのだ。気に入った相手はいたのか。あるいは、誰かに気に入られたのか。二次会には誰と行ったのか。あるいは、「二次会」と称する場所で何をしてきたのか……。

「二次会は四人だったの。中のひとりが知ってた青山のバーだったんだけど、ダーツが置いてあって、つい夢中になっちゃって」

「そりゃまた、洒落たところに行ったんだな」

父親はちょっと安心したようだった。三十歳になった娘にそろそろ結婚してほしいとは思っていても、出会ったその日に男とふたりきりになったりはしてほしくないのだろう。

それがわかっているから、奈緒は嘘をついたのだった。青山のバーに行ったのは本当だが、四人ではなく萩原とふたりきりだった。ダーツはあったが、ゲームはしなかった。ずっと喋っていた。

ただ、それ以上のことにはならなかったから、まったくの嘘、というわけでもない。萩原は遠回りして奈緒の家の前までタクシーで送ってくれたが、車の中で手を握られるというようなこともなかった。そういう男に見られたくなかったのだろうし、そういう女に見られなかったのだろう。婚活パーティの首尾としては、だから上々と言っていい結果だろう。

「お父さん、帽子を被らなきゃだめよ」

リビングの掃き出し窓から庭に出ていこうとする父親に、奈緒は声をかけた。それから自分もリビングに移動して、庭の草花の手入れをする父親の姿を眺めた。

父親がガーデニングをはじめたのは、奈緒が中学の国語教師になったのと同時期だった。同居している祖母の協力があったとはいえ、母の死後、奈緒を育てることには相応の苦労があったはずで、奈緒が就職して、ようやく趣味を楽しむ余裕ができた、ということなのかもしれない。そういう父親を悲しませるようなことだけは、だから奈緒はぜったいにしたくなかった。その決意が胸に浮かぶとき、この頃よく考えるのは、父親は私を結婚させたがっているのだろうか、それとも教師をやめさせたがっているのだろうか、ということだった。

八月の庭は花が少ない。唯一、旺盛に咲いているのがミソハギで、その赤紫色の花穂の前に父親は座り込み、スマートフォンで写真を撮っている（最近は、インスタグラムにアップなどしているらしい）。大きな揚羽蝶が一匹、父親の肩の近くを飛んでいる。あっ、と奈緒は思わず声を上げた。

なぜか今、不意に思い出した。リンド・リンディ。褐色の肌、ひょろりとした長身に、ぴったり張りつくような革ジャンとデニム。頭にぐるぐる巻きにした、鮮やかな配色のスカーフ。音楽雑誌のグラビアページを見せられ、蜘蛛みたいね、という素朴な感想をつい洩らしたら、「先生、ひどい」「蜘蛛じゃないよ黒豹だよ」と、三人の少女に口々に抗議されたのだった。木明瑤子、小川有夢、それに野方《のがた》海。そうだ、リンド・リンディは、あの三人組が夢中になっていたミュージシャンだ。

たいていは海の机にあとのふたりが寄り集まって、いつ見てもきゃあきゃあ楽しそうに騒いでいた。ある昼休み、あんまり楽しそうだったから、つい覗き込んだのだ。なんなの？　なに見てるの？　と。リンド・リンディだよ、先生、知ってる？　そう言ったのは海だったか。担任しているクラスには、私のことを苗字の園田をもじってソノッチと呼ぶ生徒がいて、ふつうに「園田先生」「先生」と呼ぶ生徒がいる。海たちは後者のグループ——ありていに言えばカースト——だった。

無邪気で、ちょっと幼すぎる感じもする三人組。それが彼女たちに対する奈緒の印象だった。リンド・リンディの写真を見せられてから、そこに鮮やかな色彩が加わったように思う。たぶん写真のリンド・リンディのスカーフの柄の影響だろう。知らない国の、名前を知らない花ばかりが咲きみだれている草原みたいな色彩。自分の子供の頃——彼女たちと同年代の頃、というのではなく、もっと昔の、小さな子供の頃——を、懐かしく、少し切なく思い出させられもする色彩。

翌日、霊園にいるときも、奈緒はそのことを考えていた。郊外の、森に囲まれた広大な霊園で、園田家の墓の前には一緒に来た父親と祖母、ここで落ち合った叔父叔母と従兄弟がいる。

美しい色彩だったのに、萩原がリンド・リンディの名前を口にしたとき、私は反射的に、いやだ、と思ったのだ。その理由が今はわかる。あの三人組はもう三人ではないからだ。野方海が学校を去ったから。私のクラスから彼女が追い出されたから……。

「何年になるのかしら」

叔母が言った。母親と四歳違いの妹だ。二十二年だと父親が答えた。母親は、奈緒が八歳のときに乳がんで亡くなった。

もうそんなになるのね、と叔母は奈緒を見た。

「学校はどう？」

「たいへんだけど、なんとかね」

奈緒は曖昧に答えた。

「奈緒ちゃんが中学の先生になるなんてね。姉さんもびっくりしてるでしょうね」

「教師なんて、俺には絶対無理だなあ」

従兄弟が口を挟む。大学二年だが、この夏からそろそろ就職活動をはじめたという話を、さっき墓を清めているときにしていた。

「最近の中学生って、かなり生意気なんじゃない？」

「そうでもないよ、女子校だしね」

「私立のお嬢様学校だものね。公立とは違うわよ」

叔母が取り繕うように言った。

「いじめとかないの？」

従兄弟はなおも言う。悪意があるわけではない——聞いて悪い質問だとは考えていないのだろうと奈緒は思う。

「全然ないわけじゃないけど、そんなに深刻なのはないよ。私たちも気をつけてるし……」

「夏休みも返上で働いているものねえ、奈緒は」

祖母がややずれた言葉を挟むと、なんとなくもうこの辺で話題を変えたほうがいい、という雰囲気になった。暑いからそろそろ戻ろうということになり、駐車場に向かって歩き出す。

叔父の一家が先に立ち、奈緒は祖母に歩調を合わせて最後尾を歩いた。蟬がうるさく鳴いている。木が多いせいか、暑いといっても街中のようにジリジリ焼かれる感じはしない。リンド・リンディ。奈緒はまたそのことを思った。萩原のせいで歌手の名前を思い出してしまった。死んだと、萩原は言っていた。あの子たちは悲しんだだろうか。悲しんだに決まっている。でも、私は気づかなかった。この頃ずっと、木明瑤子と小川有夢から意図的に目を逸らしてきたから。

少し前を行く父親が振り返り、奈緒と目が合うと気まずそうな表情になった。奈緒も父親の背中を見つめていたのだ。

「かあさん、大丈夫？」

父親の言葉は祖母に向けられたものだったが、

「大丈夫よ」

祖母より先に奈緒は答えた。父親は、やっぱり私に教師をやめてほしいのだろう、と考える。つまり私がやめたがっていることに、彼は気づいているのだろう。

母親が死んだのも夏だった。

川沿いの道。そのことばかり思い出す。病院のベッドの上で母親の呼吸が止まったときのことより、火葬場で母親の骨を箸で挟んだときのことより、あの川沿いの道を歩いたときのことが、母親の死の記憶として心に刻まれている。

ひとりではなかった。小学校の担任教師と一緒だった。彼女はあのとき三十代半ばくらいだったろうか、通夜にも告別式にも来てくれたのに、さらに数日経ってから、ひとり奈緒の家を訪ねてきたのだった。

その日は日曜日だったから、父親も家にいた。担任教師はあらためてお悔やみの言葉を述べてから、奈緒を外に誘った。斎場では個人的にゆっくり話すことができなかったから、日を替えて奈緒を慰めに来てくれたのだろうと、父親は思っていただろうし、奈緒もそのように考えていた。美人でやさしくて、生徒に人気のある先生だった。もちろんその日も彼女はやさしかった。甘いものを食べに行こうかと言って、川沿いの喫茶店に連れていってくれた。家族で外食したことはあっても、喫茶店という場所に入るのはそのときがはじめてだったから、ドキドキした。

店のアプローチと一続きのような、サラサラした小さな葉を繁らせる植物に囲まれた店内は狭くて、テーブルがふたつしかなかったという記憶がある。そのうちのひとつに座って、教師に倣って、ミルクセーキを注文した。運ばれてきたものは細長いグラスに入った、真っ白なかき氷みたいなものだった。東京のミルクセーキとは違うでしょう？　ここのは先生の田舎と同じミルクセーキなの。赤いビー玉みたいな飾りがついたマドラーで、氷をサクサクとかき混ぜながら教師は奈緒に微笑みかけた。「先生の田舎」というのがどこなのかわからなかったが、地球ではないどこかの星であるような感じがした。目の前にいる女性が、それまで知っていた教師とはまるでべつのひとのように感じられたせいかもしれない。

「今日のことは、お友だちには内緒よ」

と教師は言った。ふたりで喫茶店に入ったことや、ミルクセーキを飲んだことを、ひみつにしなければならないのだろうと奈緒は思ったが、そうではなかった。教師は話しはじめた。慎重な、回りくどい話しかただったから、はじめのうちはやっぱり、慰められているのだろうと思っていた。「あなたみたいに小さな子がお母さんを亡くすなんてことは、誰にでも起こることじゃないから」と教師は言い、「お友だちは、みんなびっくりするでしょう」と言い、「お母さんが死ぬなんてかわいそう、と思うひともいるかもしれないけど、お母さんが死ぬなんてこわい、と思うひとたちもいるでしょうね」と言った。その時点で、奈緒は自分が責められているのだと感じた。まだ小さいのに、母親を亡くしてしまうなんて、と。

「……だからね、お母さんが亡くなったことは、お友だちにはまだ言わないほうがいいと思うの」

最終的に、教師はそう言った。レジスターやガラスのジャーや鉢植えが置いてあるカウンターの向こうで、店の女のひとがちらちらこちらを窺っていた。先生の家はこの町からずっと遠いはずなのに、どうしてこの店のことを知っていたのだろうと不思議だったが、今から思えば、あそこは教師の知り合いの店だったのだろう。

「奈緒ちゃんは越境通学だから、この近所に住んでいるお友だちはいないでしょう？　だから言わなければ、知られないわ。先生も、クラスのみんなには知らせません。もちろん、黙っていてもわかってしまうときは来るでしょう。でもその頃には、奈緒ちゃんも心の準備ができているというか、今よりも強くなってると思うのね。今は、お母さんが亡くなられたばかりで、奈緒ちゃんの心は弱っている。ね？　そうでしょう？　そんなときにお友だちからお母さんのことをあれこれ聞かれたら、しんどいでしょう？」

教師が返事を待っているようだったので、奈緒は頷いた――何に対して頷いたのか、よくわからなかったけれども。もともと、母親の病気のことは友だちには打ち明けていなかった。父親や祖母たちの様子からして、母親が厳しい状況に陥ったということはわかったし、そのことが――まさに、「お友だちの反応」として教師が言った通り――奈緒自身もこわくて、口に出せなかったからだ。母親の死については、打ち明けようとも、ひみつにしておこうとも、まだ全然考えてもいなかった。母親が死んだことは事実としてわかってはいても、そのことをどう考えればいいのか、自分にとってどういうことなのか、まるでわからなかった。これは、ひとに言ってはいけないことなのだ。言えば、私は傷つけられるのだ。だからそのとき、教師から与えられた新たな知識として、奈緒はそう思った。同時に奈緒は、自分が母親と同じ病気――入院しても手術をしても、強い薬を飲んでも治らず、やがて痩せ細って死んでしまう――に罹ったような気がした。

悲しい記憶、怒りの記憶というわけではない。教師とのそのひとときは、母の死同様に、印象が摑みにくかった。その後学校で、教師に対して何かわだかまりができたということもなかった。母親の死については、教師の予言通りにしばらくしてから何人かの級友の知るところとなったけれど、それでどうということもなかった。ただその後何年も、奈緒の心の底には自分は病人であるという気分があった。そして、教師と入った喫茶店の前を通ることは無意識に避けていたし、数年後にその店がなくなったことを知ったときには、たしかにほっとしたのだった。

墓参りの日までが奈緒の短い夏休みだった。翌日には学校へ行った。職員室には学期中とほとんど変わらない数の教師がいる。

「おはようございます」

「おはよう」

「おはよう。暑いね」

短く言葉を交わして、自分の席に着く。みんな忙しいのだ。来週、高等部の教師と合同の、進路指導を絡めた研修会があるし、夏休み中は生徒の保護者からのアプローチも多くなる。口をひらけば愚痴になるから、暑い中、暗黙の了解で黙りがちになる、ということでもあるだろう。

奈緒も午前中をパソコンの前で費やした。午後は生徒と面談の約束があった。祖母が作ってくれた弁当を食べ、職員室で待っていると、約束した午後一時より少し早く、南川皐月《さつき》というその生徒があらわれた。促して、生徒指導室で向かい合う。事務机と折りたたみ椅子が詰め込まれた狭苦しい場所よりも、空いている教室を使ったほうが気持ちが吐き出しやすいだろうと思うけれど、教師と生徒がふたりきりで話しているところは、なるべくほかの生徒たちに見られないほうがいい、という配慮がある。

「どうだった、夏休みは？」

皐月はダンス部員なので、「夏休み」というのは八月一日から十五日までという意味がある。相談したいことがあるという電話がかかってきたのはその休み期間がはじまってすぐだった。今日は十六日で、ダンス部の活動は明日からだ。

「ゆっくり休めた？」

皐月が黙っているので奈緒はさらに聞く。ゆっくり休めたかどうかなんて、中学生に聞くのはおかしなことだと思うけれど、実際のところ、生徒たちは学校でも家でも、自分以上に全然ゆっくりできていないように思える。

「あんまり」

と皐月は俯いたまま答えた。成績はいいが容姿は凡庸で、運動能力もさほど高くない。ルエカたちと同じダンス部にいるせいで、主流グループの末端の位置はどうにかキープしている、といった子だ。

「どうしたの。なにかあったの」

やわらかく、あかるい口調を作って奈緒は聞く。たぶんダンス部内の人間関係についてか、もっとはっきり、ダンス部をやめたいというような話ではないかとあたりをつけている。あるいは一学期が終わり、部活動も休みになって、ようやく悩みごとを教師に相談する余裕ができた、ということなのかもしれないが。その一方で、外部の高校を受験しようかどうしようか迷っているとか、たんなる進路相談であればどんなにかいいのに、とも思っている。

「どこか行った？　ダンス部のみんなで遊びに行ったりしたの？」

カマをかけてみる。皐月は小さく頷いた。遊んだが、必ずしも楽しくはなかったのだろうと奈緒は想像する。とくに遊びたい気分でなくても都合が悪くても、ルエカの号令は絶対だということは奈緒も知っている。

奈緒はしばらく口を閉ざした。あまりせっついては逆効果だろう。自分から電話をよこして

――生徒との連絡専用の携帯電話を、教師はひとり一台支給されている――「相談したいことがあるから、時間を作ってほしい」と言ってきたのだから、遅かれ早かれ喋りだすだろう。教師になって七年が経って、そういう駆け引きだけは間違いなくうまくなった。

「なんか、疲れちゃって」

ようやく皐月は呟いた。

「疲れちゃったか」

わかっているわよというふうに、奈緒は先を促した。

「……人のこと、ずっときらいでいるのってむずかしい。べつに好きなわけじゃないけど、きらいでもないっていうこと、あるでしょう。っていうか、もう考えたくないのに、きらいでいなくちゃいけないから、考えなきゃならない。この頃、いつも考えてる。考えてるせいで、きらいになっていくような気もする。本当の自分の気持ちよりも、ずっと。ひとを憎むのって疲れる」

何が言いたいのかわからなかったが、いやな予感だけが膨らんでくる。

「ルエカのこと？」

皐月は強く首を振った。「きらいでいなくちゃいけない」のはルエカではない。ルエカは、決してそんな立場にはならない。それは奈緒にもわかっていた。

「ルエカに何か言われたの？」

皐月は再び俯く。つまり、ルエカに何か言われたということだ。奈緒は次の質問をしなかったが、それはさっきのような駆け引きではなく、もうこの話はしたくない、と思っているせいかもしれなかった。

皐月はしばらくためらっていたが、意を決したように、トートバッグの中から折りたたんだ紙片を取り出して、机の上に置いた。コピー用紙のようだった。皐月の許可を確認してから、奈緒はそれを開いた。パソコンのワープロソフトで作ったらしい。「お知らせ」という文字の下に、数行の文章が記されている。

H市立第二中学校のみなさまへお知らせ
去年そちらの学校に転校してきた野方海（中学二年）は、最低の裏切り者です。クラスが一丸となって、優勝をめざしていたマラソン大会は、彼女の卑怯な裏切りのおかげで、負けました。

責任を逃れるために、野方海は転校しました。

とても自分勝手で、性格の悪い子です。そちらの学校でも、みなさんにいやな思いをさせるかもしれません。よく気をつけてください。

桐ヶ丘女子学園　中等部生徒一同

「なに、これ？」

教師のそれではなく素の声を奈緒は発してしまう。ああいやだ、とどうしても思ってしまう。やっぱりこういうことだった。また、野方海。もう終わったと思っていたのに。

「部室に落ちてたんです。その前にルエカたちが集まって笑ってたの。わざと落としたんだと思う。あたしたちが見つけるように」

奈緒の声に反応したように、皐月の口調は勢い込んだものになる。責められているように感じたのかもしれない。

「これを作ったのは……誰なの？」

「ルエカたちに決まってるでしょう。何十枚もプリントしたんだと思う。束で持って行かせる、って言ってたから」

「持って行かせる？」

「有夢と瑶子に。五月の連休にも、偵察に行かせてた。海が転校した中学が、もうわかっているの。そこでこのビラを配らせるんだって」

奈緒は黙っていた。言葉が出なかったのだ。有夢と瑶子に何かが起こっているだろうことには気がついていた——気のせいだ、と考えることにしていたけれど。そういうことだったのか。

「こういうの、もうイヤ。海はもういなくなったのに、なんで転校先まで追っかけていかなきゃいけないの？　有夢と瑶子もかわいそう。海とあんなに仲良しだったのに、スパイみたいなことさせられて。イヤなのに、ルエカたちが笑ってれば、あたしも笑わなきゃいけない。そうでしょう？　海みたいな目にあいたくないもの。でも、もう笑うの疲れちゃった。自分が自分でなくなっていくみたいな感じがする。自分がすごくいやな、悪い人間になっていく気がする……」

泣きながら訴える皐月の言葉を、自分の声のように奈緒は聞いていた。

花火が上がる。

夜空がぱっとあかるくなり、歓声が上がり、拍手が起きる。屋形船のデッキの上で、対岸の花火を眺めているのは十数人。その中に奈緒と萩原もいる。

「なあに？」

萩原が海面ではなく自分をじっと見ていることに気がついて、奈緒は聞いた。

「きれいだなと思ってさ」

萩原は真面目な顔でそんなことを言う。

「浴衣、似合うね。ここにいる女のひとの中でいちばんきれいだ」

奈緒は微笑した。母の形見の奥州紬の浴衣は、たしかにほかの女たちが着ているプレタポルテの浴衣の中では際立って見えるだろう。

ソノッチ、すごーい。超かわいいー。

甲高い声がよみがえる。花火の音の中でも、その声は頭の中でずっと聞こえていた。今日、ダンス部の監督を終えていったん家に帰ってから、浴衣に着替えて出かけたのだが、乗換駅でルエカたちにばったり会ってしまったのだった。ルエカの家に、今夜はみんなで泊まるのだと言っていた。

ソノッチ、デート？

ご想像にお任せします。

デートだよね、決まってるよね、浴衣だもんね。

ヒューヒュー。

ソノッチ、カレシいるんだあ。どんなひと？

こんなところで大きな声で、そういう質問しないでちょうだい。ルエカの家に泊まることはみんなおうちのひとにちゃんと言ってあるの？　暗くなってから出歩かないようにね。あまり遅くまで騒いだらだめですよ。

はあい、わかりました。ソノッチもデートがんばってね。どうだったか、明日報告してね。

歓声に見送られながらその場を離れたのだった。周囲のひとには、生徒に慕われている教師に見えているだろう、と思いながら。もちろん、中傷ビラの話などしなかった。部活動のときもしなかったのに、駅の人混みの中でできるはずもない。でも、それなら、いつ、どんなふうに切り出せばいいのだろう？　あんなふうにあの子たちと笑い交わしたあとで。

花火が上がる。

皐月に腹を立てている自分に奈緒は気づく。あんな印刷物、見せないでくれればよかったのに。ようやく終わってくれたと思っていたのに、またこのことで頭を悩ませなければならない。どうしようか。有夢と瑤子を呼び出して話を聞くべきだろうか。皐月が言ったことが本当かどうかはっきりさせる必要があるだろう。でも、はっきりさせて、それから？　ルエカたちに注意すれば有夢と瑤子が「チクった」と思われるだろう。あの子たちの立場は今以上に悪くなる。今はまだ、あの子たちはいじめられるところまではいっていない。今現在、私のクラスにいじめられている子はいない。

本当にそう思っているの？　自分の声が自分に聞く。ええ、そうよ。奈緒は自分に言い返す。あのときだってそうだったのだ。あの子は――海は、まだいじめられてはいなかった。マラソン大会をボイコットしたせいで、ただちょっと、クラスのみんなから距離を置かれていただけだった。あれはいじめじゃない、ケンカみたいなものだった。だから、面談を申し込んできた海の母親にも、そう言った。中学生の女の子たちですから、ああいう、クラスの団結力が試されるような場で、海さんが、それを否定するみたいな行動をとったことに、腹を立ててるんだと思います。当然の反応です。いじめだとは私には思えません。意地の張り合いみたいなものじゃないでしょうか。海さんがあやまれば、彼女たちは許すでしょう。私が介入すると、いちばん大事なそのプロセスが省かれてしまうように思います……。

忘れたふりをしているのね。声は黙らない。ルエカたちの「ズル」のことはどう思っているの？　あのとき、海の母親もそれを言った。娘は理由もなくマラソン大会をボイコットしたわけではないと。あれは抗議の表明だったのだと。私はそうは思っていなかったわ。奈緒は声に抗う。だから海の母親に言ったのよ、役割分担のことは、クラスのみんなが決めて納得したことでしたって。海さんも、アンカーになることを納得したはずでした、それなのに当日来なかったから、みんなショックを受けたんです、って。

本当にそう思っていたの？　あなたは本当にそう思っていたの？　ルエカたちが卑怯なやりかたで選手になるのを免れていたことを、本当に知らなかったの？

知らなかったわ。奈緒は声に言う。いいえ……知っていた。でもそれが悪いことだとは思わなかった。そういうシステムで、私のクラスはうまくいっていたんだもの。あの子も、海も、従ってくれていればよかったのよ。そうすれば何も問題はなかったのよ。

あなたって人間は……。

わかってる。ルエカたちみたいなやりかたが悪いのはわかってる。でもそれを言いだしたら、大変なことになる。うちのクラスだけじゃない、学園全体が、いっそこの世界がそういうシステムで回っているのよ。革命を起こすみたいなものだわ。そんな力も時間も私にはない。海が転校することを知らされたとき、私はほっとしたのだ。

「ちょっと座ろうか」

萩原が言った。奈緒がぼんやりしていることを気にしたのだろう。ずっと見てたから、首が痛くなっちゃった。奈緒はそう言って萩原を安心させる。

船室には誰もいなかったから、ふたりでベンチに座るのはちょっと気恥ずかしかった。それなりの距離を空けて座り、顔を見合わせてクスクス笑う。

「またすぐ会いたいな」

甘い口調で萩原は言い、

「次にこんなふうな時間が取れるのはいつかなあ」

と奈緒はいなした。自分の気持ちがよくわからない。このまま萩原にもたれかかっていいのかどうか。そうしたいのかしたくないのか。萩原のほうへ近づいていけば、有夢と瑶子、それに海を置き去りにすることになる。それでいいのか。本当にそうしたいのか。

「学校の先生なんてすごいよね。僕にはとうてい務まらないなあ」

墓参りの日の従兄弟と同じようなことを、従兄弟とは少し違う口調で、萩原は言う。結婚したら仕事はどうするつもりなのか、探りを入れようとしているのかもしれない。

「母を亡くしたとき、私は小学校の三年だったんだけど、担任の先生が訪ねてきたのよ」

奈緒は言った。この話を誰かにするのははじめてではなかった。教員採用試験の面接でも話したし、以前付き合っていた恋人にも、女友だちにも、「なぜ教師になったのか」と聞かれればこの話をした。

「……一緒にがんばろうって言ってくれたの。お母さんが亡くなったのは悲しいことだけど、先生がついてるからねって」

そしてその担任教師は、同じ言葉でクラスのみんなにも奈緒の母親の死を伝えてくれたことになっている。だからこの話は途中から作り話だ。でも、そういう教師になろう、と奈緒は思ったのだった。それが教師を目指した理由だった。それは本当のことだ。

何度も繰り返した作り話だから、細部まで出来上がっていて、上手に話せる。「朝の会」で、担任教師が奈緒の母の死について切り出したこと。そのときの彼女の顔。聞き入る級友たちの表情。萩原が体を寄せる。そっと手を握られる。でも、奈緒に見えていたのは、空想の教室の光景だった。今話しながら、そこに鮮やかな色が加わっていくような気がした。リンド・リンディのスカーフの色が。

6　ルエカ

祖母が倒れたらしい。授業中、母親から電話があって呼び出された職員室から教室に戻ると、ルエカは帰り支度をした。担任の園田がついてきて、社会科の教師に事情を説明している。教室内が微かにざわめく。どうしたの？　何、何？　ルエカ大丈夫？　ルエカは控えめなVサインと微笑で応えると、園田と一緒に教室を出た。

母親から頼まれて呼んだのだろう、坂道にもうタクシーが来ていた。気をつけてね、落ち着いて。園田が肩をやわらかく摑む。ありがとうソノッチ、と頷いて、ルエカはタクシーまで駆けた。祖母が運び込まれた病院の名前を告げると、身内のひとに何かあったの？　と運転手から聞かれ、ルエカは曖昧に頷いた。それ以上会話しなくてもすむように俯く。きっと泣いているか、泣くのをがまんしているように見えるだろう。

実際には悲しくもなんともなかった。どのみちおばあちゃんはもう何年も認知症だったのだ。認知症じゃないとしたって、きらいだった。ルエカにはやさしかったけれど、ママをいじめていたから。ただ、電話で母親はおろおろしていた。そのことが気にかかる。祖母が認知症になってから、母親はしあわせだった。おばあちゃんが死んだらまた状況が変わってしまう。ママはきっとそれを心配しているのだろう。

住宅が密集しているその地域の中では群を抜いて広い敷地に、ルエカが両親と暮らす家と、祖父母の家が建っている。

祖父母の家は大きな和風の二階屋で、ルエカの家は大きなモダンな二階屋だ。両親が結婚して、祖父母の家の隣に家を建てることになったとき、ふたりは建築家を探して設計を頼んだ。祖母がそのことでよく文句を言っていたから、ルエカも知っている。テレビドラマに出てくるみたいなしゃらくさい家建てて。祖母は始終そう言っていた。祖父母の家のリフォームを頼んでいる住宅メーカーで建ててほしかったのだ。ルエカは自分たちの家を、かっこいい、と思っている。でも、祖父母の家と並んでいるところは、ちょっと異様だ。テーマパークみたいでしょ。はじめて遊びにきたクラスメートには、そう言うことにしている。

その日、母親と祖父とともに家に戻ってきたのは午後八時過ぎだった。祖母は心筋梗塞を起こしていたが、対処が早かったので——祖父が救急車を呼んだ——今すぐにどうにかなるということはないらしい。入院の手続きをしたり担当医の説明を聞いたりしていて、こんな時間になってしまった。

「お義父さん、お腹空いたでしょ。何か簡単なものを作りますから」

母親はバッグを置いて首に巻いていたスカーフを外すと、すぐにエプロンを着けた。祖父は普段は自分の家で自分で祖母のぶんまで作って食べているが、今日はさすがに疲れた様子でこちらの家についてきた。

「茶漬けでいいよ」

ダイニングのベンチにぐったりと座って、祖父はぶっきらぼうに言う。認知症になる前の祖母のように母に対してきついことは言わないが、やさしいというわけでもない。私のことは使用人だと思ってるのよ、と母親がいつか、非難というでもない、事実を告げる口調で父親に言っているのをルエカは聞いたことがあった。

「ごはんあったかしら」

母親は冷凍庫を探すふりをする。探してもないことはわかっている。昨日の夜は外食だったし、今日のお弁当はそのときレストランで買ってきたパンと、デリのサラダだったのだから。今夜も母親とルエカ、ふたりだけなら帰る途中で食べてくるか、コンビニで何か買ってすませただろう。

「ごめんなさい、ごはん残ってないみたい。パスタ作りますから」

祖父は返事をしない。でも、今日にかぎったことではないので、母親はパスタを作りはじめる。ルエカは冷蔵庫から麦茶のサーバーを取り出した。おじいちゃん、飲む？　と聞くと、ビールはないのかと祖父は言う。

「ないよ」

母親は酒を飲まない。缶ビールを買っておくのは、仙台に単身赴任中の父親が帰ってくるときだけだ。

「ごめんなさい。あっちから持ってきますから」

玉ねぎを刻む手を止めて母親が振り返った。あっちというのは祖父母の家の冷蔵庫のことだ。

「いい」

祖父は不機嫌に言う。

あたしが取ってくるよ、と言うべきだろうと思いながら、ルエカは黙って麦茶をひとりぶんだけコップに注ぐ。取りに行ったら負けのような気がするからだ。母親もそうすればいいのに。

「ルーちゃん、もうすぐお湯が沸くから、パスタ入れてちょうだい。お塩はもう入ってるから」

だが結局母親はそう言って、バタバタと家を出て行った。この数年、こういうことはあまり起きなかった。祖父は祖母の世話にかかりきりで、こちらへはほとんど来なかったから。祖母が死んだら、祖父がこっちで一緒に暮らす、ということになったりするのだろうか。

母親が作ったナポリタンみたいなものは、油っぽくてあまりおいしくなかった。母親は料理が苦手で、だから外食が多いのだ。祖父は三口くらいしか食べなかった。飲みかけの缶ビールを持って、ごちそうさまも言わずに出ていった。


スマートフォンの電源を入れたのは、母親におやすみを言い、自分の部屋へ引き上げたときだった。

禁止されていても、いつもならその日の授業が終わった時点で電源を入れてしまうから、こんなに長い間電源を切っていたのははじめてだった。タクシーに乗ったときも、病院を出たあとも、スマートフォンには触れなかった。起動するとすぐに、クラスメートからのラインのメッセージが画面にあらわれた。ルエカ、大丈夫？　ルエカ、おばあさん大丈夫？　ルエカ、私たちにできることがあったらなんでも言ってね。ルエカ、まだ病院かな、大変だけどがんばってね。ルエカ、私たちがついてるよ！　ルエカ……。

おばあさんとか病院とか書いてくる子がいるのは、帰りのホームルームのときにでも園田が話したのだろう。あるいは誰かが職員室まで聞きに行ったのかもしれない。こういうのは最近教師たちがよく言う「個人情報」にはならないのだろうか。母親じゃなくて祖母だからいいと思ったとか？　へんに隠されてあれこれ勘ぐられるより、明かしてもらったほうがましだし、どっちみち自分ですぐに言うつもりだったからべつにいいけれど。

ラインを開き、誰が何を言っているのか、ひとつずつ確認していく。お見舞いのメッセージをみんなが送っているのに、送らない子がいるとしたら問題だし許すことはできない。私はルエカなんだから。クラス全員の名前があるようだった。今日、学校を休んでいる子もちゃんと「ルエカ、何かあったの？　心配だよ」とメッセージを入れている。

もちろん、有夢と瑶子からのもある。有夢「ルエカのこと心配……大丈夫だといいね」、瑶子「ルエカのおばあさんが大丈夫でありますように」。そのあと有夢が送った、パンダが目をキラキラさせて祈っているスタンプが続いている。言葉だけでは足りないと思ったのだろう。どのスタンプなら私の怒りに触れないか、一生懸命考えて選んだのだろう。ルエカは自分の気持ちが動くのを感じた——でも、自分がむかついているのか、それともほかの感情を持ったのかがよくわからなくて、今はそれを考えないことにした。

みんな、ありがとう！　発見が早かったので、おばあちゃんはとりあえず大丈夫みたいです。心配かけてごめんね、ありがとう!!!

ルエカはメッセージを打ち込み、スタンプも送った。首をかしげた猫のリアルな絵柄に「愛してるよ」という書き文字がついたスタンプだ。

肘まであるルエカの髪に、母親がブラシをかける。

父親が仙台へ行ってからの、毎朝の習慣だ。母親はルエカのためにやっていると思っているのだろうけれど、ルエカは母親のために付き合っている。

「ツヤツヤね、ツヤツヤね」

歌のように母親は繰り返す。ルエカの髪はとてもきれいだ。母親が買っている高価なヘアケア製品も使わせてもらっている。

髪を後ろでひとつにまとめ、今朝はギンガムチェックの細いリボンを結んでから、眉の上で切り揃えた前髪に、あらためてブラシをかける。それから母親は少しうしろに下がって、鏡の中の娘の姿を検分する。

「今日も美人ね、ルーちゃんは」

ルーちゃんと呼ばれるのはきらいだ。でも、顔には出さない。

「ママの娘だもん」

とルエカは答える。母親を喜ばせるためにそう言うのだが、実際のところ、ルエカの完璧な卵形のフェイスラインや、大きなくっきりした目、それにダイエット不要のスレンダーな体型は、母親譲りだ。大人たちからは「きれいなお嬢さん」と言われ、クラスメートたちからは「マジ羨ましい」「ずるい」と言われる容姿。ルエカにとって大事なもの。父親に似なくて、マジでラッキーだった、とルエカは思っている——容姿だけではしあわせになれないことは母親を見ていればわかるけれど、とにかくこれは大事な武器だ。これをちゃんと正しく使うつもりだ。

「ルエカ、おはよう」

「ルエカ、おばあちゃんよかったね」

「ルエカ、よかった。お休みじゃなくて」

電車の中でも学校に着いてからも、今朝はいつも以上に声をかけられる。その度にルエカは「ヤッホー」とか「サンキュ」とか「うっしゃ」とか——相手に応じて、使い分けて——反応する。ニッコリ笑いながら。今日は一日この顔をしていることになるだろう。誰からもつけこまれないように。

「ルエカ、大変だったね」

有夢と瑶子だ。坂の途中で自転車で追いついて、ルエカの歩調に合わせるために自転車を降りている。

「でもよかったね、おばあちゃん大丈夫で」

「発見が早かったからだよね、よかったね」

有夢と瑶子は、みんなが言うことを言う。ラインのメッセージと同じだ。そのことに、ルエカは不意にはっきりとむかついた。

「本当によかったって思ってる？」

微笑んだまま、周囲にいる何人かのクラスメートにも聞こえるように、そう言った。クスクス笑いが起き、有夢と瑶子は表情を凍りつかせた。

何も答えない。図星をつかれたからだろう。よかったなんて思っていないのだ。私の祖母がどうなろうと、本当のところどうだっていいのだ。ほかのみんなだって似たようなものに違いないのに、どうしてかこのふたりにだけ腹が立ってくる。

「思ってるに決まってるじゃん」

ようやく有夢がそう言って、瑶子もコクコクと首を上下させた。次に何を言われるのか、怯えきった顔をしている。ルエカは少し気が収まった。

「わかってるって。冗談よ、冗談」

あかるく言って、ふたりの肩をぽんぽんと叩いた。あははと笑うと、周囲の子たちも笑い、有夢と瑶子は泣き笑いのような表情になった。大丈夫、とルエカは心の中で言う。有夢と瑶子に言ったわけではない——自分に言ったのだ。なぜ自分に言うのか、なぜ大丈夫なのかはわからなかったが。

わたしが一番きれいだったとき
街々はがらがらと崩れていって

とんでもないところから
青空なんかが見えたりした……

午前中最後の授業は国語で、茨木のり子というひとの詩を、出席番号で当てられたペスが立って朗読している。

「わたしが一番きれいだったとき」が繰り返し出てきて、そこを読むたびペスが教科書の陰でこっそり自分の顔を指差すので、みんな、教師に気づかれない程度に、クスクス笑う。ペスはクラスでいちばんのデブで、ペキニーズ犬みたいな顔をしているからペスという渾名がついた。でも自虐ネタがおもしろいから、人気がある。ルエカもペスのことは悪くは思っていない――今のところは。

茨木のり子がいちばんきれいだったとき、日本は戦争して、負けたらしい。おしゃれができなかったとかひとがいっぱい死んだとか愚痴みたいなことを並べ立てていて、うるせえな、とルエカは思う。男たちは戦争に行き、飛行機が飛んできて爆弾を落とし、町が燃える。広島や長崎には原爆が落ちてひどいことになった。戦争についてそのくらいは知っているが、「だから?」と思うだけだ。そんな大昔のことなんてどうでもいいし、知っている誰かが死んだわけでもない。今の自分や、自分のしあわせには何の関係もない。

ルエカは、母親のことを考える。「ママがいちばんきれいだったとき」と、よく彼女は言うからだ。「ママがパパと出会ったのは、ママがいちばんきれいだったときよ」と。母親もこの詩を読んだことがあるのかもしれない。

母親はとてもきれいだったから、父親から選ばれた。「玉の輿」と言われる結婚だったことは、親戚の集まりなどで必ず誰かが言うので、ルエカも知っている。父親はふつうのサラリーマンだが、祖父がいっぱい土地やアパートを持っているから、「あくせく働かなくてもいい身分」であることも。

でも、母親はしあわせにはなれなかった。祖母から憎まれたから。「お里が知れる」という言葉を、ルエカは小さな頃から知っていた。何かにつけ祖母が母親に向かって言ったからだ。母親が作った料理、それを盛りつけた器、盛りつけかた、母親が選んだ家具や雑貨、その配置、母親の服、髪型、母親が太ること、痩せること、ルエカの弟や妹がいつまでたっても生まれないこと。祖母はすべてに文句か嫌味を言った。父親は、なんの役にも立たなかった。結局彼は祖父同様に、祖母の側のひとだった——今のルエカにはそのことがよくわかる。目の前で母親がひどいことを言われても、耳が聞こえないひとみたいにそっぽを向いていたのだから。

母親に味方はいなかった。ルエカはあの頃、ママの味方のつもりだったけれど、母親はそうは思っていなかったようだった。あの頃、母親はいつもビクビクしていて、そうでないときは苛々していた。その両方でないときは、もっとひどかった。六歳のある夜、母親がゲームを思いついたときのことをルエカは覚えている。夜で、父親はまだ帰ってきていなかった。その夜、ルエカは特別に、両親の寝室に入れてもらっていた。ゲームをしましょう。母親は言った。それぞれ、相手の太もものいちばん柔らかいところをつねって、だんだん指に力を入れていき、先に「痛い」と言ったほうが負け。そういうルールだと言った。

最初、ルエカはクスクス笑っていた。母親が摘んでいる箇所は、くすぐったいだけだったから。でも、そのうち痛くなってきた。ルエカも負けまいと母親をつねったけれど、自分のほうが痛すぎて、手を離してしまった。それでも母親はルエカの太ももをつねり続けていた。「痛い！」と何度も叫んだのに。それこそ、耳が聞こえないひとみたいだった。目も見えていないみたいだった。ルエカがそこにいないみたいに、ルエカをつねり続けていた。ルエカが逃げられないように、もう一方の手で太ももを抱えながら。つねっているのは娘の太ももではなくなにかべつのものみたいに。とうとうルエカが泣き出すと、母親はようやく手を離して、「ごめんね、ごめんね」と繰り返しながらルエカ以上に泣いたけれど、つねられた痕は紫色の痣になって長い間消えなかった。


祖母の言動がおかしくなりはじめると、母親の日々はそれまでよりはマシになった。祖母が力を失うと、祖父の力も弱まって、父親は母親の側にやってきたからだ。ルエカにとっても幸いなことだった。あの頃の母親のままだったら、母親のことが今よりずっときらいだっただろう。ルエカは母親がきらいだ。好きなふりはできるようになったけれど。母親は弱いからきらいだ。不幸というのは弱いということだとルエカは思う。不幸だから弱くなるのか、弱っていると不幸になるのか。母親はきれいだったが弱かったから、不幸にとりつかれたのだ。強ければ不幸にならなかったのに。

今でも世界のどこかで誰かが戦争をしている。日本だってこの先どこかの国と戦争をするかもしれない。教師がそんなことを喋っている。そうなったらなったでかまわない、とルエカは思う。いっそ戦争が起きてほしい、と心のどこかで思っている。世界がめちゃくちゃになってしまえばいい。そうすれば私はこんなに疲れずにすむかもしれない。私は今だってひとりで戦争をしているようなものなのだから。誰にも負けないように、私は小さな頃から戦ってきた。

その努力のおかげで敵はほとんどいなくなった。でも、ときどき、海みたいなのがあらわれる。どうして？　どうして？　どうして？　と海は私に聞いた——小さな子が、わからないことを親に聞くみたいな顔で。どうしてルエカたちがなんでも決めちゃうの？　たとえば海はそう聞いたけれど、私には、どうしてルエカは毎日そんなに戦ってるの？　何と戦ってるの？　と聞かれているように感じられた。むかつく海。バカ海。だからあいつとも戦った。戦うのは、不幸にならないため。決まってるじゃない。そしてやっつけてやった。でも、まだ海はこの世界に存在している。そのことをときどき思い出してしまう。それがムカつく。きっとまだ、あの顔で、どうして？　どうして？　どうして？　と言い続けているんだろう。叩き潰したい。そうしないと安心できない。

昼休み、お弁当の包みを開けると、タッパーの中に大きなオムレツみたいなものが入っている。端に申し訳のようにプチトマトと、冷凍品を解凍しただけのブロッコリー。

オムレツの中身が昨夜のナポリタンだったので、ルエカは一気に食欲がなくなる。今朝、ごはんを炊いた形跡がなかったのに、お弁当を持たされたことを奇妙に思っていたのだ。昨日、ナポリタンを残したのは祖父だけだ。ほとんど食べなかったとはいえ、口はつけたのだ。それを私に食べさせようとするなんて、信じられない。

ルエカはタッパーの蓋を閉めて包みなおし、鞄の中にしまった。どうしたの？　食べないの？　机を寄せて一緒に食べている子たちが、口々に聞く。なんだか食べたくなくなっちゃった。ルエカは正直に答えた。

「ちょっと、外行ってくるね」

誰かが次の言葉を言わないうちに、席を立った。誰の顔も見なかったが、こっそり目を見交わしているだろうことは想像がつく。こんなのは異常な行動で、異常な行動は、学校生活を送る上でいちばんしちゃいけないことだというのもわかっている。でも、私はルエカだし、昨日祖母が倒れたばかりなのだから、大丈夫だろう、とルエカは頭の一部分で計算する。

頭のほかの部分は、なんだか痺れたようになっていた。祖父の食べ残しのナポリタンがお弁当になっていたくらいで、こんなに動揺するのはおかしいと思いながら、胸がどきどきし、足元がふわふわする。母親は料理は下手くそだけれど、いつもの彼女なら、あのお弁当を見てルエカがどう思うかくらいわかるはずだ。

母親が再び、祖母の認知症以前の母親に戻ろうとしていることをルエカは感じる。今朝のブラッシングのときもちょっとへんだった。祖母が入院して次に発作が起きれば死んでしまうかもしれなくて、そうなったら家の中の力関係がまた変わる。きっとそういうことが不安なのだ。母親の心の中を想像していると、彼女が自分に乗り移ったような感じがしてくる。振り切るように、ルエカは階段を駆け下りた。購買部でパンを買おうかと思ったが、どうしようもなく食欲が戻ってこなくて、自動販売機でミネラルウォーターを一本買った。

のろのろと教室へ戻った。そうするしかないからだ。ミネラルウォーター一本持って学校から出て行ったりしたら、いくら私でもアウトだろう。ルエカ、ちょっとおかしいよねときっと言われる。もとから少しおかしかったよ、そうだよね、笑ってても目が笑ってなかった、全然楽しそうじゃなかった、えらそうにしてたけど、本当はいつもビクビクしていたよね、うん、そうだよ、本当は、あたしたち全部わかってたよね……。

ぱっと目に入ったのは有夢と瑤子だった。机を向かい合わせにして、もそもそと食べている。有夢の赤いお弁当箱、瑤子のアルミのお弁当箱。タッパーに入ったオレンジが、中央に置いてある。瑤子がルエカの視線に気づいて、慌てたように微笑んだ。

「ユムヨーコー！」

ルエカは大きな、あかるい声を出した。ほかのみんなにも聞こえるように。

「ちょっと、今いい？　お願いがあるんだけど」

あらかじめ考えていたわけではなかった。でも言葉がするする出てくる。何を言われるんだろうという不安で、有夢と瑤子の顔が見る見る強ばっていくと、ルエカはさっきまでよりも呼吸がしやすくなる。

「今週の日曜日ってヒマじゃない？」

有夢と瑤子は顔を見合わせる。とっさに用事をこしらえて防御する、ということができないのだ。頭の回転が鈍いせいだ。あるいは、怯えすぎているせい。この子たちは弱い。それがこの子たちの罪だ、とルエカは思う。

「海の学校に行ってきてくれない？　あのあと、どんな具合になってるのか知りたいの。見てきてくれない？」

「あのあと」というのは、海が転校した学校にビラを撒いたあと、という意味だ。まさか嘘なんか吐いてないよね？　という意味も含ませている。ビラを作ったのはルエカたちだが、それを渡した有夢と瑶子が、本当に「撒いた」のかどうかはわからない。そもそもちゃんと海の転校先まで行ったかどうかも。ビラ撒きを命じただけで満足して、そこまではたしかめなかった。

「……でも、日曜日はあっちの学校もお休みだよ」

おずおずと瑶子が言った。そんなことわかりきってる。生意気に口答えしやがって、とルエカは思う。乱暴な、汚い言葉が心に浮かぶと、また少し自分が強くなったような気持ちになる。

「休みだって部活とかで来てるひとはいるでしょ。わかんない？」

少し強い口調でそう言ってやる。苛ついてきた、と思わせるように。実際には、愉快になりはじめている。いや、やっぱり苛ついているのかもしれない。よくわからない。

「見てくるって……どうすればいいの？」

今度は有夢が聞く。ふたりともお弁当は半分以上残っている。かじりかけのミニハンバーグ、おかず入れにひとつだけころんと入っている卵焼き。きっと残りはもう食べられないだろう。いい気味だ。

「だーかーらー」

ルエカは大きな声で言う。みんながこちらに注目しているのがわかる。

「適当に呼び止めて、聞いてみればいいじゃない。野方海って知ってますかって。どういう子ですかって。ビラを本当に撒いたのなら、それなりの答えが返ってくるはずでしょ」

有夢と瑤子は黙り込む。ルエカと一緒にお昼を食べていた子たちが、ぞろぞろとこちらへやってきた。そうしてもいい、そうするべきだ、と判断したのだろう。ルエカはニッコリ笑った。

「じゃあさ、こうしよっか。あたしも行くよ。日曜日、みんなで行こうよ。ハイキングってことでさ」

それいいね、そうしよう、楽しみ、という声が口々に背後で上がる。石でも降ってきたように、有夢と瑤子は俯いている。以前ならこんなとき、一緒になってはしゃいだふりをしていたが、今はもうそれもできなくなったようだ。弱いやつらは、どんどんどんどん弱くなる。しょうがないよ。ルエカは心の中で嗤う。それがあんたたちの役目なんだから。

それにしても、考えてもいなかったのに、日曜日の予定が決まってしまった——ただ有夢と瑤子を困らせるためだけに。せっかくの日曜日にあんな遠い町まで行くなんてかったるいだけなのに。

でもしかたがない、とルエカは思う。こうすることが必要なのだから、と。

「ルエカ、お昼食べないの？」

集まってきた子の中のひとりがそう聞いた。おせっかいババア。ルエカは心の中でそう言って

から、

「じつは購買部で肉まん買って食べたんだあ」

と答えて、みんなが笑う声を聞いた。


土曜日の夕方に父親が帰ってきた。

月に一、二度は仙台から戻ってくるのだが、今回は予定外で、祖母のための帰宅らしい。今日は病院へは行かず、その時間を母親と話すことに使ったようだ。何を話したのかルエカには知りようもなかったけれど、夕食のテーブルで、両親はすでに何日も寝ずの看病でもしたかのように消耗した様子をしていた。

「楽しくやってるか？　学校」

食事のはじめの儀式のように父親が聞く。ルエカは笑顔を作って、Vサインをしてみせる。父親は頷き、もじもじする。次に何を言えばいいのかわからないのだ。

「楽しいってこと？」

母親がそう言ったのでルエカはびっくりする。父親もぎょっとしたようだ。母親は微笑む。ルエカそっくりの微笑。

「Vサインは、楽しいってことなのよね、そうよね？」

「そうだよ、もちろん」

ルエカは言う。テーブルの上にはメンチカツと千切りキャベツ、マヨネーズを添えたブロッコリー、茄子の炒めものが並んでいる。父親が帰ってくることがわかって急遽茄子を追加したのだろう。

「ちゃんと言葉で言わないと、パパわかんないから」

と母親は、ルエカを難じるのではなく父親をからかう口調で言う。は、は、と父親が笑った。

「絶好調なんだろ」

「まあ、ね」

「困ってることとか、ないんだろ、べつに」

「ないよ」

は、は、と父親はまた笑う。ルエカは茄子を口に入れる。焦げ臭いのにかたくて、おいしくない。冷凍品のメンチカツや、やっぱり冷凍品を戻しただけのブロッコリーのほうがまだマシだ。

「おじいちゃんは？」

とルエカは聞いてみた。母親と父親は一瞬、顔を見合わせてから、「まだ病院にいるんだろ」と父親が答えた。本当なのかどうかわからないし、本当だとしたって、この答えではルエカが知りたいことはわからない。

「明日、一緒に行くだろ？　おばあちゃんのお見舞い」

父親はそう言って、ほとんど残っていないビールのグラスを呷った。

「ごめん、明日は都合悪いんだ、学校の用事があって」

「用事って？」

さっきと同じように母親が鋭く聞く。やっぱりママはへんだとルエカは確信する。でも、どうしようもない。

「親睦会みたいなこと。ハイキング。たまにそういうのがあるの、うちのクラス。仲がいいから」

そうなの、と母親は言い、父親は頷く。自分が瓶の中で喋っているような気持ちがルエカはする。あるいは、瓶の中で生きているような。でも、かまわない。瓶が壊れなければいいのだ。

「何着て行こうかな、明日」

そう呟くと、両親はそれぞれに安心した表情になる。そうして実際、ルエカは明日、海の学校へ行くときの服装を考えはじめる。うんとお洒落していこう。誰よりもかわいく、素敵に見えるように。

7　有夢

星空。

グラスの中の、溶けかけた氷。

誰かの（誰だろう？）細いきれいな指の、ミッキーマウスの指輪。

ピンクの首輪をつけたヨークシャーテリア（名前はパイロット。雑誌に出ていた）の、笑ってるみたいな顔。

濡れたアスファルトに張りついた、チョコレートの包み紙の切れ端。

「ひとつも思いつかないの？」

と社会科の教師が言った。有夢は俯いたまま黙っていた。

「調べてくるのが宿題だったでしょう？　やってこなかったの？」

やってこなかった。週末、そんな時間はなかったのだ。少しはあったかもしれないけど、家に帰ったときには体というより気持ちがヘトヘトで、「第一次世界大戦の後、日本国内で変わったことを三つ考える」なんて、とうていできる気がしなかった。

「ひとつくらい思いつくでしょう？　考えてごらんなさい」

教師はやさしい声で言った。有夢は考えようとする。でも、考えられない。かわりにまた、リンド・リンディのインスタグラムが浮かんでくる。ひと気のない動物園。ギター（「神童」という漢字のシールが貼ってある）。鉄柵に浮き出た錆の模様。木漏れ日。

頭の中がリンディが撮った写真でいっぱいになると、ここが教室で、四時間目の社会科の授業中で、教師から指名された自分がひとりで突っ立っていて、何ひとつ答えることができない、という現実が遠のいていく。

「先生の言ってること、聞こえてる？　顔を上げなさい」

教師の声がきつくなった。有夢は仕方なく顔を上げた。いやなのに。こっち側には戻ってきたくないのに。

「考える気もないみたいね。授業に興味が持てるようになるまで、しばらく立っててもらおうかな」

それで、有夢は立っていた。教師に当てられてちゃんと答えられなかった子はほかにもいたけれど、立たされたのは有夢だけだった。この教師――「おばちゃん」という渾名の、むっちりした体をいつもあきらかにワンサイズ小さいスーツの中に押し込めている初老の女先生――は、宿題を忘れた子やこっそりスマホをいじっていたりする子をときどき立たせることがある。でも、たいていは五分かそこらで座らせる。今日、有夢は結局、授業が終わるまでずっと立っていた。立っている間もリンディの写真を思い浮かべていたせいで、教師には有夢が全然反省していないように見えたのかもしれない。

「やらかしたねー」

と言いながら、お弁当の包みを持って瑤子が近づいてくる。社会科の授業が終わって昼休みになり、有夢はようやく座ったところだった。

「おばちゃんがあんなに怒るのってめずらしいよね。有夢すごい」

瑤子が、笑いごとにしようと努力しているのがわかる。

「瑤子は、宿題やったの？」

「まあ適当に。当たらなかったからよかったけど、当てられたらやばかった。当てられませんようにって、全力で祈ってた」

「宿題やる余裕、よくあったね」

瑤子が自分を慰めようとしてくれているのがわかっているのに、有夢はいやみっぽく言ってしまう。瑤子は傷ついた顔で黙り込んだ。

「立ちっぱなしでお腹がよけいに空いたよ。食べよう、食べよう」

有夢は取りなすようにあかるくそう言って、わざと大きな音をたてて机を寄せた。

向かい合って座るのと、ルエカたちに取り囲まれるのはほぼ同時だった。

「有夢、やらかしたねー」

ルエカは瑤子と同じことを言う。でも、瑤子に言われたときとは違って、有夢はたちまち体がこわばってくる。笑おうとするが、顔がうまく動かない。瑤子も同じだろう。

「だめじゃん、ちゃんと宿題やってこなくちゃ」

ルエカはニコニコしながら言う。ねー、だよねー、と、ルエカにくっついてきた子たちが口々に言う。

「やろうと思ってたんだけど寝ちゃって。気がついたら朝になっちゃってて」

どうにか笑いながら有夢は言った。

「そんなに疲れてたの？　週末」

「そういうわけでもないんだけど」

「そういうわけじゃないなら、ちゃんとやってきてよ、宿題」

ルエカはふたりの前にぐっと身を乗り出した。つやつやした長い髪の毛の先が、まだ開けていないふたりのお弁当箱の上にふわっとかぶさる。

「宿題やってこなかっただけじゃなくて、なんにも答えないで突っ立ってるってありえないでしょ。もしかしてわざと？　私疲れてますアピール？　週末、よその学校にビラまきに行ってますアピールしてんの？」

「そんなこと、思ってないよ」

有夢は慌てて否定した。本当に、そんなことは考えていなかった。それとも、考えていたのだろうか？　リンディの写真を思い浮かべている心の奥底で、このところずっと週末になるたびに、ルエカに命じられて海の学校へ行っていることを、教師に知ってほしい、と思っていたのだろうか。

「アピールアピール」

「ぜったいわざとだよねー」

また、声が続く。有夢はちらりと瑶子を見た。瑶子は目を合わせようとしない。気持ちはわかる。ふたりで目配せしている、などと思われたら、事態はいっそうひどいことになる。

「さっき、おばちゃんがもっといろいろ聞いてたら、言うつもりだったんじゃない？　海のこと」

ルエカは姿勢を戻して、そう言った。怒っているというよりは楽しんでいるように聞こえる声が、頭の上に降ってくる。

「心配しちゃったよ。もしそんなことになったらどうしようって。海のことは、このクラスの大事なひみつだからね。わかってるよね？」

有夢は頷く。瑶子も頷いている。コクコク。コクコク。そういう仕掛けの人形みたいに。

「で、あたしたちを心配させた罰を与えようと思うんだけど。いいかな？」

これは有夢と瑶子にではなく、周囲の子たちに向けて言ったらしい。いいに決まってるじゃん！　当然！　という同意の声が上がる。

「今日の放課後も行くこと。明日も、明後日も。もちろん週末も。いつやめていいかは、あたしたちが決める。宿題もちゃんとやってよね。今日みたいなことになったら、また罰ゲーム考えるから」

拍手。イエーという歓声。

「わかった？」

ルエカが聞き、有夢と瑤子はまた頷いた。

「返事は？　ほんとにわかってんの？」

「わかった」

瑤子が言い、

「行く」

と有夢は言った。ルエカの手がにゅっと伸びてきて、有夢の顎を摑んだ。上を向かせられ、ルエカに睨みつけられる。

「よろしくね」

うすく笑って、ルエカは言った。


家には戻らず、自転車でまっすぐ駅まで行った。

いったん家に戻ると、出かける理由を母親に言わなければならないからだ。親に嘘を吐くことは平気だったが、どんな嘘を吐くか、ふたりで相談したくなかった。有夢も瑤子も、自分たちが陥った事態のこと――週末だけじゃなくてこれから毎日、放課後にしなければならなくなったことについて、ほとんど会話しなかった。

ホームに着いたのは午後四時過ぎだった。蟬がうるさく鳴いている。ひどく暑い。まだ九月だということ、二学期がはじまって、まだ二週間しか経っていないことに気がついてびっくりする。

夏休みが終わってから、もう何ヶ月も経ったように感じられる。時間が経つのが遅すぎる。といって、夏休みのほうがよかった、というわけでもないけれど。結局、夏休みだろうが学校がはじまろうが、同じことだ。これは、いつまで経っても終わらない。

「うわっ」

ベンチに座ろうとした瑶子が飛び退いた。背もたれに、蟬の抜け殻がひとつくっついている。

「かわいいじゃん」

と有夢は言って、スマートフォンのカメラでそれを撮った。ここで羽化したのではなく、誰かがどこかから持ってきてここに置いたのかもしれない。そう見えるように撮った。

「げー、なんでこんなの、撮るの」

蟬の抜け殻を真ん中にして、ふたりはベンチに座る。

「インスタグラム、あたしもやろうかなと思って」

今、心に浮かんだことを有夢は言った。

「やめたほうがいいよ」

言下に瑶子は言う。

「ルエカたちに知れたらまた何言われるかわかんないよ」

そんなことわかってる。有夢は思う。今撮った写真をまた、見る。蟬の抜け殻はうっすら笑っているみたいに見える。さっきのルエカみたいに。有夢は写真を削除した。でも、そうしたことは瑶子には言わない。

「知られるわけないじゃん。アカウント教えなければいいんだから」

カメラロールに残っている最後の写真は、去年の夏に撮ったものだ。瑤子と海と有夢の三人で、市営のプールに行ったときのもの。三人で顔をくっつけあって、自撮りした。ほっぺたとほっぺたがくっつきすぎて、顔がへんなかたちに歪んでいる。お互いの髪の毛がお互いのほっぺたにはりついている。でも三人とも、笑っている。それが最後の一枚になるなんて、そのときは思っていなかった。それ以来、さっき蟬の抜け殻を撮るまでは、写真は一枚も撮っていない——正確に言うなら、カメラロールに残しておきたいような写真は。

「アカウント教えなくたって、誰かが調べるよ。そういうこと、すごく上手じゃん、あの子たち」

わかってるよ。

有夢は心の中でもう一度言ってから、ぱっと顔を上げて、不意打ちで瑤子を撮った。わっ。やだ。瑤子は慌てて両腕で顔を覆ったけれど、有夢がインスタグラムなんかやるわけがないことは、それでわかったみたいだった。

同じようなかたちの、同じくらいボロボロのコートを着て、手を繫いでいる男のひとと女のひとの後ろ姿。

トロの握り（皿の上にチョコレート？　醬油？　で、ハートと、三つの×印が描かれている）。

ケガをした親指。爪の下に血が丸く盛り上がっている。

ピースマークの形に並べられたブルーの錠剤。

リンド・リンディのインスタグラムには、百五十六枚の写真がアップされている。有夢はそのすべてを見た。何度も繰り返し見ているから、一枚一枚を覚えている。

リンディがインスタグラムをやっているということは音楽雑誌で知ったのだが、その記事には「脳腫瘍だとわかってから、日々の生活のひとコマを写真に撮って、アップすることをはじめたらしい」とも書いてあった。いちばん最後の日付は、今年の二月四日。カナブンみたいな玉虫色の小さな虫が、古めかしい窓枠を這っている写真だった。

H町の駅前の広場は、夕焼けに染まっている。沈む夕陽に向かって、有夢と瑶子は歩いていった。

自転車で一度、電車で四度。もう何度も来ているから、歩き慣れた道だった。これからすることだって、慣れている。鞄の中には、海の悪口を書いたビラの束もちゃんと入っている。もう残り少なくなったから、電車に乗る前にコンビニで二十枚コピーしてきた。「どうする?」と言い交わすこともなく、コンビニに寄って、有夢がコピー機のカバーを持ち上げて、瑶子が鞄から出したビラをそこに置いて、有夢が「20」という数字をセットして、スタートボタンを押した。かかったお金はワリカンにした。前回もそうしたから、「けっこう高いね」とか「このお金も毎回あたしたちが出さなくちゃいけないのかな」とかも、もう有夢も瑶子も言わなかった。

海が通う公立中学の校庭には、まだ運動部の生徒たちが何人かいた。部活動自体はもう終わっていて、後片付けをしたり、残ってお喋りしたりしているようだ。

ふたりは校門の近くに回って、出てくる生徒ひとりひとりを見た。こちらに気づいて、不審そうな顔になる子もいるけれど、仕方がない。実際、不審なことをしているのだから。これまではいつも私服だったけれど、今日は制服のままだから、いっそう目立ってしまう。好きな男の子がこの学校にいるとか、好きな男の子の彼女がこの学校にいるとか、そういう理由で来ているふたり組だと思われていればいいのに、と有夢は思う。そう思っている子もいるかもしれない。でも、そう思わない子もいるだろう。ふたりはもう何度もこの学校へ来ているのだから。最低最悪なビラを持って。

「あの子は？」

瑤子が言った。ここでは、ふたりは相談をする。するしかない。ビラを渡す相手は選ばなければならない。二学期がはじまってすぐ、ルエカたちと一緒に来たときは、彼女たちに監視されていたから、手当たり次第にビラを渡さなければならなくて、いやなことをいっぱい言われたし、一度など軽くだが、男子から突き飛ばされもした。

男子は無理。ふたり以上のグループも無理。ひとりでいる子でなければだめ。気が弱そうな子。おとなしそうな子。ビラを突っ返したり、どういうことなのか根掘り葉掘り聞いたりしなさそうな子。あたしたちみたいな子。あたしたちが、やりたくないことをやらされていると気づいてくれる子。

「ねえ、あの子は？」

瑤子がもう一度言ったのは、有夢が返事をしなかったからだった。最初に目に留まった子はもう行ってしまった。

有夢は今度も黙っていた。ひょろりとした眼鏡の子はショートカットだが、髪が長ければちょっと海に似ている。その子も行ってしまった。ねえ、どうするの。早くしないとみんな帰っちゃうよ。瑤子が言う。情けなくて弱々しい、追いつめられた声で。

ちっぽけな兵隊のフィギュアをのせた、真っ赤なりんご。

ニコニコ顔の黒人のナースの顔のアップ（瞳に映っている人影はリンディだろうか？）。

バスタブの中の、ヨークシャーテリアのパイロット（濡れてものすごく小さくなっている）。

有夢の頭の中はまた、リンディの写真でいっぱいになる。その重さに押されるようにして、歩き出す。有夢？　瑤子がびっくりしたように呼び止めるが、そのまま歩く。今、校門を出てきた、女子三人組に向かって早足で歩いていく。

「あの、すみません」

声をかけると、三人はぐるりと振り向く。三人ともしゅっと痩せていて目立つ顔立ちをしている。ピンクや赤のリップグロスを塗っている。チア部とかバドミントン部とか、あるいはルエカと同じダンス部とか、そういう運動部の子たちだろうと有夢は思う。つまりルエカみたいな子たちだ。三人はルエカみたいな目で、じろじろ有夢と、慌てて追いついた瑤子とを見る。

「これ、読んでくれませんか」

同学年だろうとほとんど確信しながら、有夢は――これまでいつもそうだったように――敬語を使う。鞄からビラの束を取り出して、ひとりに一枚ずつ渡す。何？　何これ？　三人は顔をつき合わせながら読む。有夢はすでに後悔しはじめていた。どうしてこんな子たちにビラを渡してしまったのだろうと。ひとりでもない、おとなしそうでもない、ルエカみたいな子たちに。瑤子が「あの子は？」「あの子は？」と聞くのがいやだった。でも、それで、わざわざルエカみたいな子たちにビラを渡しにいって、どうするつもりだったのだろう。勇気を出したつもりだったのか。でも、もうこんなに後悔している。あたしはバカだと有夢は思う。自分にどれほどのことができると思っていたのか。

「あー、これ知ってる」

ポニーテールの子が言った。

「リエたちが言ってたやつだ。今日だけじゃないよね、最近バラまいてるんだよね、これ」

「野方海ってC組の転校生でしょ」

「えー知らない、誰？」

それから三人は、顔をくっつけて、有夢と瑤子には聞こえない小声で何かヒソヒソといい交わす。ときどきこちらをちらりと見る。

「桐ヶ丘女子って、S区のほうでしょ。そこからここまで来てるわけ？　わざわざ？」

またポニーテールの子が、有夢に向かってそう言った。

「それに今日だけじゃないんだよね？　この前の日曜日も来てたんだよね？　けっこう有名だよ、あなたたち」

大人みたいなボブに、ドラえもんがついたヘアピンをひとつ留めている子が言った。こんなへアピン、もしもあたしや瑶子が付けてたら、絶対「ウケ狙い」って言われるだろうな、と有夢は思う。でもこの子なら「超かわいい」って言われるんだ。

「マラソン大会で裏切り、って何やったの？」

最後のひとりが言った。この子は髪型までルエカみたいだ。

「……選手だったのに、来なかったんです、大会の日に」

有夢は答えた。三人は顔を見合わせる。それだけ？　ドラえもんのヘアピンの子が、薄笑いを浮かべながら囁いている。

「それで、選手じゃないひとが出なくちゃならなくなって、すごく大変で、でもその子ががんばったから、二位になったんだけど、でも」

よせばいいのに瑶子が説明をはじめた。

「意味わかんない」

はっきりと笑いながら、ポニーテールの子が遮る。

「それがあたしらにどういう関係があるの？　ていうかちょっと異常じゃない？　こんなもの何枚も印刷して、転校先まで配りに来るって。そんなにこの海って子が憎いわけ？」

「ていうかどんだけヒマなの」

「引くよね、悪いけど」

ドラえもんのヘアピンの子とルエカに似た子も波長を合わせて、口々に言った。有夢の中に怒りが膨らんでくる――怯えや、自己嫌悪を押しのけて。あるいは怯えや自己嫌悪が、怒りの鎧を着て、武装する。異常だなんて思ってないくせに。ひどいなんて思ってないくせに。面白がっているくせに。今、この場にいるのがたまたま海じゃなくてあたしたちだから、あたしたちを責めているのだ。この子たちはルエカと同じだ。いつも誰かを責めたくてしょうがないのだ。学校の中ではきっと海をいじめるに決まっている。転校してまであんなビラ撒かれるなんて、あんたどれだけひどいことしたの？　と責めるに決まっている。

怒りはしかし奇妙な捻れかたをする。

「写メ撮らせてください」

と有夢は言った。写メ？　三人は今度こそ本当に意味がわからない様子で、眉をひそめる。

「ビラを読んだっていう証拠に、写メを集めなくちゃいけないんです。顔は写しません。制服がわかればいいんです。ビラを持ってる手だけでもいいです」

ルエカたちにそう命じられている。前回からそういうルールができた。ビラを全部撒いてきたなんて言ったって、どこかに捨てたかもしれないし、そもそも海の学校まで行ってないかもしれないから、証拠の写メを撮ってくること、と。前回は、おとなしそうな子に頼んで撮らせてもらって、その次の子にはぜったいいやだと言われて、その次からは、瑤子がひとりで声をかけて、それを有夢が遠くから、気づかれないように撮った。それでルエカは許してくれた。隠し撮りだね、スパイになれるね、よくやるよ、とみんなでゲラゲラ笑っていた。

今回もそうするべきだった。写メを撮らせてくださいなんて、よりにもよってこの子たちに頼むなんて、最悪だ。わかっていたのに頼んでしまった。さっき、この子たちに声をかけたときと同じだ。どの子を選べばいいとかどの子なら写メを撮らせてくれるだろうとか、そんなことを考えている自分がいやだったのだった。でも、それでやっぱり今、後悔している。ポニーテールの子もドラえもんのヘアピンの子もルエカに似ている子も、虫を見るような目で有夢と瑤子を見ている。

有夢はさっとスマートフォンを構えた。三人の子の、腕ではなくて顔に向けた。

「やだ、何やってんの」

「撮っていいなんて言ってないでしょ」

「やめてってば」

ポニーテールの子が有夢のスマートフォンをひったくって、地面に叩きつけた。

赤い長靴を履いた四歳くらいの女の子が、さっきからホームを行ったり来たりしている。おかしな格好でぴょんぴょん跳ねているのは、きっとスキップのつもりなのだろう。小さいとき、自分もスキップがなかなかできなかったことを有夢は思い出した。足を互い違いに出すことができなくて、カニみたいな格好で跳ねながら進んでいた。

子供の母親は、隣のベンチに座っている。母親じゃなくて祖母かもしれない。有夢の母親よりもずっと年長に見える。白地に黒い大きな花の模様のダボっとしたシャツに、ベージュのズボンを穿いている。平べったい靴が、子供の長靴と同じ赤。

有夢も瑤子も、行きと同じにほとんど言葉を交わしていなかった。叩き落とされたスマートフォンを拾うために有夢が身を屈めると、頭の上に丸めたビラが投げつけられた。ありえない。キモい。最低。三人は口々に言い、立ち去った。瑤子がしゃがんで、ビラを拾った。そのまま立ち上がらずに有夢の肩を抱いた。遠くから、三人の笑い声が聞こえてきた。二人はその場を離れた。十分に離れても、笑い声がまだ聞こえるような気がした。

有夢が勝手にビラを渡す相手を選んだことを、瑤子は責めなかった。責めればいいのに、と有夢は瑤子を責めたい気持ちになって、思っている。言えばあたしは言い返すのに。言い返して、ケンカしたかったのに。あの三人組が振り返ってぎょっとするくらい、ぎゃあぎゃあ騒いで、髪を摑んで、転げまわってみせたかったのに。

隣のベンチの女性がこちらに首を伸ばして何か言った。え？　と有夢は振り向く。

「あの子ね、晴れた日でもあれしか履かないの」

子供の長靴のことを言っているらしい。有夢は頷いた。女性は微笑んでいた。

「歩きにくいし、お天気なのに恥ずかしいでしょうって言っても、聞かないのよ。お気に入りなの。子供っておもしろいわね。あなたたちくらい大きくなったら、赤い長靴を持ってたことすら忘れちゃうんでしょうけど」

有夢はもう一度頷いた。女性の微笑みに見合うような表情を作ったつもりだったけれど、女性は当惑した顔になった。

「どうしたの？」

「え？」

「あの子……どうしちゃったの？」

有夢は振り返った。瑶子は膝の上に鞄を置いて、その上に顔を伏せていた。瑶子、と声をかけても顔を上げない。肩が震えている。

「寝てるんじゃないかな」

有夢が言うと、女性は曖昧な表情になって、目を逸らした。子供が跳ねながら戻ってくる。有夢はスマートフォンを取り出した。シリコン製のカバーをつけていたせいか、壊れてはいなかった。「写メまだ〜？」というルエカからのメッセージを筆頭に、同じようなラインのメッセージが画面にいくつも並んでいる。どうして壊れなかったんだろう。もう一度、自分で地面に叩きつけてやりたいと有夢は思う。でも、そうするかわりに、カメラを起動して、瑶子に向けてかまえた。

シャッター音を三回、鳴らしたところで、瑶子は顔を上げた。なにやってんの？　涙でぐしゃぐしゃになった顔で言う。その顔も、有夢は撮った。

「やめてよ」

「うるさい」

有夢はケンカを売ってみたけれど、瑶子はまた顔を鞄の上に伏せてしまった。

「もうやめようよ」

伏せたまま、泣き声で言う。

「どうせあたしたちペルー行くんでしょ？　だったらもうどうなったっていいじゃん。こんなこと、もうやめようよ」

有夢はちらっと女性を見た。子供を有夢たちからかばうように自分のそばに座らせて、あらぬほうを向いている。耳をそばだてているのかもしれないが、どうせペルーがなんのことだかわからないだろう。わかったとしたって、そっぽを向いたままだろう。あたしたちがどうなったって、このひとたちには何の関係もないのだから。

「ペルーに行きたい」

瑶子は呟く。

「そうだね」

有夢は言った。

「早く行きたい」

「うん」

瑶子がしゃくり上げる声だけが響く。女性が、また有夢のほうを向いた。

「ペルーって、外国のペルー？」

やさしい声で、そんなことを聞く。本当のことは言えないから、はい、と有夢は頷いた。

「どうしてペルーに行きたいの？」

有夢は少し考える。それから、

「友だちがいるんです」

と答えた。

「そうなのね。会いたいのね」

「はい」

「それであの子は泣いてるのね」

「はい」

瑤子の肩の震えがゆっくりになる。母親が姿勢を戻したあとも、子供だけが身を乗り出してこちらを見ている。投げ出された足の先で、赤い長靴がゆらゆら揺れている。

8
瑤子

海はまた学校へ行かなくなったらしい。

九月の終わりのからりと晴れた日、その「ニュース」がクラスに届いた。

照美はルエカと同じダンス部で、クラスの中ではルエカの次に目立つ子で、夏休み中にカレシができた。カレシは隣の市の公立校生なのだが、ジュニアなんとかという、学校の枠をまたいだサッカーチームに入っていて、そのチーム内ではH町の、海が通っている学校の男子生徒とも交流がある。そういう経緯で、海の現在について照美は知ることができたらしい。

「うんそう、同じクラスなんだって、だからぜったい本当だよ」

五時間目の体育が終わって、更衣室で着替えていると、また照美の声が聞こえてくる。口伝えで海のことを知った子たちが、五月雨《さみだれ》式に照美に詳しい話を聞きにくるから、照美は今日は一日中その話をしている。

「二学期はじまってから休みがちになって、先週から全然来てないって」

瑤子と有夢のいる場所に、声はロッカーの向こうから聞こえてくる。部屋の中央がロッカーで区切られているのだ。こちら側で着替えている子たちから、ちらちらと見られているのがわかるが、ふたりは気づかないふりをする。

「やっぱあっちでもきらわれてるの？」

「そりゃそうでしょ。キモがられてるみたいよ。あんまり喋らないんだって」

「ビラの効果？　それとも天然？」

天然、という言いかたがおもしろかったらしく、笑い声が上がる。

「せっかく転校したのにねえ」

「転校したって、海は海だもんね」

「ねーっ。世界の果てまで行ったって無理だよね」

「無理無理」

また笑い声。あの子たちはどうしてあんなに楽しそうなんだろうと瑶子は思う。どうしていつまでも海のことを忘れないんだろう。そんなにきらいなら、忘れてしまえばいいのに。

瑶子はタンクトップに頭を入れ直す。急いでかぶったら、肩口から頭を出してしまった。なにやってんの？　有夢が苛立たしげに囁く。有夢はもう着替え終わっている。早くここから出て行きたいのだろう。

「いいなあ、照美、ラブラブで」

ルエカの声だ。有夢がさっと顔を上げて瑶子を見る。ルエカが入ってくるなんて思わなかった。とっくに着替えて教室に戻っていると思っていた。

「今そんな話してないから」

照美が嬉しそうにそう言っている。

「そんな話じゃん。ラブラブなカレから聞いたんでしょ、海のこと」

「まあ、そうなんだけど」

「なんでも話す仲なんだよね。体の隅々まで知ってるんだよね、もう」

「やめてよー」

笑い声。ルエカの声がひときわ大きい。その声が近づいてくる。ルエカがひょいとこちら側に顔を出す。

「聞いてた？」

私たちがここにいることがどうしてルエカにはわかったんだろう、と瑤子は思う。もしかしたら私と有夢は、何か匂いみたいなものを発しているんだろうか。

なんと答えればいいのか瑤子は迷うが、「うん、聞こえたよ」と有夢が答えた。こういうときにはたいてい有夢のほうが瑤子より先に、正しい答えを思いついてくれる。

「そっか。そうだよね。聞いてたんじゃなくて聞こえたのね」

ルエカは皮肉っぽく微笑んだ。

「ユムヨーコががんばったおかげだよ、ありがとう」

いつの間にか照美たちもこちら側に来ていて、瑤子と有夢を囲んでいる。

「もうビラ撒きに行かなくてもよくなったね。よかったね」

「海をあっちの学校からも追い出せて、よかったね」

「ミッションコンプリートおめでとう！」

拍手が終わるまで、瑶子と有夢は床を見ていた。


瑶子は蜂になっている。

触角がついた黄色い頭巾をかぶって、黄色と茶色の縞模様のTシャツを着ている。下は頭巾やTシャツと一緒に「蜂セット」――ルエカたちがネットで見つけた――に入っていた茶色いタイツ。上に体操着の半ズボンを穿くことはどうにか認めてもらった。

隣には、もちろん有夢がいる。有夢は「うさぎセット」を身につけている。うさぎの耳がついたピンクの頭巾、ピンクのボアが貼りつけられたもこもこのTシャツ、ピンクのタイツ。それに、「うさぎセット」には赤いシールが二枚付いていたから、それを両方の頰っぺたに貼っている。

今日は学園祭だ。このクラスは「超かわいい写真館」という模擬店をやっている。お城とか近未来の町とか海辺とか砂漠とか、いろんな場所を描いたパネルが用意されていて、お客に好きなパネルを選んでもらって、写真を撮ってあげるのだ。もちろんルエカたちのアイディアだけれど、準備はクラスみんなでやって、分担して背景を描いたりするのは楽しかった。

背景や教室の飾りつけがほとんど終わったとき、ルエカが「なんか物足りなくない？」と言いだして、「マスコットガール」を用意することになった。背景だけでは写真がちょっと寂しそうに思えるときに、一緒に写真に入るための要員だ。それで、瑶子と有夢が蜂とうさぎになっている。当然のこととしてそれが決まった。お願いね、とルエカに言われたから頷いた。朝、学校に来てから着替えて、模擬店の隅で待機している。今は午前十時で、マスコットガールを希望する客はまだ来ない。

蜂の触角はバネでできていて、先に黄色い丸い玉がついたそれが、顔の前でゆらゆら揺れている。最初はうっとうしかったけれど、慣れるとむしろあってよかったような気持ちになっている。煙幕を張っているみたいで――全然隠れてないことはわかっているけれど。さっきも隣のクラスの子が教室を覗き込んで、瑤子と有夢を見つけてケラケラ笑っていたけれど。触角がゆらゆら揺れるのをじっと見ていると、催眠術みたいな効果もあるみたいだ。この場所にいるのが、それほどいやではなくなってくる。とにかく今は放っておかれていて、そのことがありがたい。

考えたくないことを煙幕の向こうに押しやって、考えたいことだけを考える。たとえば長野にいる泉のことを。家族でペンションに行ったのは七月で、そのとき泉との距離がそれまでより少し縮まった感じがしていて、東京へ帰ってからもときどき思い出すようになっていた。

泉からラインの友達申請が来たのはつい数日前だ。ガラケーからスマートフォンに変えたのだそうだ。「元気?」からはじまって、短い言葉とスタンプのやりとりが、毎日数回ずつ続いている。メッセージが届けば、返信する。メッセージを送れば、必ず返信がある。「何してた?」「ごはん食べてた」「長野は寒いよ」「マジ?」その程度の会話だけれど、スマートフォンの画面の中にべつの国があるみたいな感じが瑤子はする。

「来週、東京行くかも」

昨日の夜、泉からそのメッセージが届いたのだった。土日と体育の日を合わせた三連休にこちらへ来る計画があるらしい。もし行くとしたら瑤子の家に一泊させてほしい。母親経由で頼んでみる、とのことだった。今日、これが終わって学校を出て、誰にも――有夢はべつだ――見られないところでスマートフォンを起動させれば、来ることができるかどうかはっきりしたメッセージが入っているだろう。きっと来るだろうと瑤子は思っている。来週、泉に会えるのだ。

キャーッという声に、瑤子ははっとして顔を上げた。背の高い男の子のふたり組が戸口に立っている。すぐに照美が近づいていったので、例のカレシだとわかった。

「ユムヨーコー！」

間もなくルエカから呼ばれた。まさか、もうひとりの男の子は海と同じ学校のひとだったりするのだろうか。たちまち体が硬くなる。

「マスコットガールお願いー」

違った。よかった。瑤子と有夢はのろのろと立ち上がった。

「どう？　一緒に写真撮れるんだよ。かわいくない？」

照美がカレシたちに言う。いかにもモテそうな男の子たちだった――クラス内でもいちばんいい位置にいて、学校生活で困ることなんかひとつもない、というふうな。そういう男の子でなかったら、照美は学園祭に呼んだりはしないだろう。

男の子たちは困ったように瑤子と有夢を見た。見たくないものを見る顔だと瑤子は思う。意地悪な顔よりもこういう顔のほうが堪える。

「いや……俺はいいや」

「俺も」

男の子たちがそれぞれそう答えると、照美もルエカも、ほかの子たちも大笑いした。男の子たちも、困った顔をやめて笑い出す。みんな笑いたいんだ、と瑤子は思う。いつだって笑っていたいんだ。だから海や私たちのことが必要なんだ。


学園祭が終わった翌日は学園の創立記念日で、代休も兼ねていた。

「泉くんが東京に来るんですって。来週の土曜日、うちに一泊するって」

朝食の席で母親が言った。今朝は家族三人でゆっくり食べる休日仕様で、品数が多い。銘々のマグカップ、カゴに盛られたベーグル、キャベツとベーコンの炒めもの、昨日の夕食の残りのラタトゥイユ。

「ふうん」

とだけ、瑤子は言う。もちろん昨日から知っていた。でも、泉とラインをやりとりしていることは両親にはまだ言っていない。打ち明けたって両親は驚きもしないだろうが、ひみつにしていたほうが何かが守られるような気がしている。

「日曜日は東京案内ということになるのかしらね。瑤子、いい？」

「いいよ」

「どこか良さそうなところを探しておいてくれる？」

「うん」

母親たちはまだ知らないようだが、泉は自転車でやってくる。「輪行」というらしいが、分解した自転車を専用の袋に入れて、電車に乗ってM駅まで来る。M駅で自転車を組み立てて、そこからうちまで乗ってくる。だから日曜日は、自転車で出かけることになっている——ふたりで。もちろんそのことも今は言わない。

「昨日の衣装、どうした？」

父親が聞いた。「蜂セット」のことだ。昨日の午後、父親と母親は揃って学園祭を見学にやってきた。蜂になった瑤子とうさぎになった有夢と一緒に、「近未来都市」の前で写真にも収まったのだった。もちろん両親は、自分たちの娘と有夢とが「マスコットガール」をやっているのが、悪いことだとは思っていない。瑤子も有夢も、自分の意思で楽しんでやっているのだと思っているのだろうし、少なくともそう思うことにしているだろう。

「うちにあるよ。文化祭用のクラスのお金で買ったんだけど、私たちにくれるって」

瑤子は答える。これは本当のことだ。「また着てもらうかもしれないしね」とルエカが言った。

「じゃあ泉くんが来たらあれを着てお出迎えしろよ」

冗談のつもりらしい。瑤子は笑い、「やあねえ」と母親が言った。

瑤子はコーヒーを飲み干した。

「じゃあ、行ってくるね」

「どこ行くんだ」と父親が聞き、「有夢ちゃんと自転車だって」と母親が言う。

「本当に仲がいいわねえ。毎日学校で会ってて、お休みの日も一緒で、よく話すことがあるわね」

「そんなに話さないもん」

なぜかそういう言葉が瑤子の口から出た。ちょっと腹が立ったせいかもしれない——何もわかっていない両親に対してか、あるいは彼らに何もあかさない自分自身に対してかはわからなかったけれど。

母親と父親は一瞬、顔を見合わせた。互いに相手が何か言うのを待つふうだったが、どちらも何も言わなかったから、瑤子は「嘘だよ」と笑ってから席を立った。


瑤子は有夢に、泉のことは結局まだ何も言っていなかった。

言おうと思いながら今日になってしまった。そもそも泉という男の子の存在についてすら打ち明けていないから、言わないでいるうちにどんどん言い出しにくくなっている。

どうして言わないんだろうと、瑤子は考えてみる。私と有夢はペルーへ行くから。結局、それが答えになる。ペルーへ行くことが決まっているのに、泉の存在にどんな意味があるというのだろう。なんの意味もない。有夢に話すとそれがはっきりわかってしまうから、話せないのかもしれない。

それに泉とのラインをべつの国みたいに感じているなんて、裏切りだ。私と有夢はずっと、ふたりでべつの国にいるみたいに感じてきたのだから。ペルーへ行くことを決めてから、その国はますますくっきりしてきて、決して誰も入れない国になった。

もしも有夢に泉のことを打ち明けたら、有夢はどうするだろう。大騒ぎして、根掘り葉掘り質問したり、ひやかしたり、羨ましがったりするのかもしれない――昔、こんなことになる前、有夢と瑤子と海が一緒にいた頃ならそうしたに違いないのだから。でも、ひとしきり騒いだら、聞くかもしれない。どうするの？　と。ペルーはどうするの？　行かないの？　と。行くよ。私は絶対にそう答える。瑤子は自分自身にたしかめる。私たちが海にしてきたことを、泉には言えない。だから泉がいたってどうにもならない。私たちがペルーへ行くことは決まっている。ペルーへ行くしかないのだ。

「お、そ、い、よ」

その朝は有夢がそう言った。瑤子が家の外に出たとき、有夢はすでに自転車を押して彼女の家の門を出たところだったのだ。ま、け、た。瑤子はそう答える。ふたりともサイクリングの出で立ちだ。ヘルメットにヒップバッグ。ヒップバッグはタータンチェックで、この前お揃いで買った。自転車に乗るときはリュックより体にフタンがかからないらしいよ。どこかで仕入れた知識を有夢が披露して、お小遣いで買える値段だったから買うことにした。そんなときにもたぶんふたりとも、体にフタンがかからなくたって、「なんの意味もない」と心のどこかで思っていたに違いないけれど、どちらも口に出さなかった。タータンチェックのヒップバッグができることも何もないけれど、そのかわりヒップバッグは口もきかない。よけいなことは言わないし聞かない。それにヒップバッグなら、ペルーに連れていくこともできる。

この日の目的地はあらかじめ相談して決めてあった。ペルーの入口を決めるのだ。大きな川沿いの陸橋が候補に上がっている。下流の二箇所を回って、どちらがいいか選ぼうということになっている。

「ねえ」

自転車にふたりとも跨ったタイミングで、有夢が言った。

「なに」

「ほんとかな、あれって」

「あれ、って?」

「海のこと。学校に行かなくなっちゃったって」

そのことについてずっとふたりは話していなかった。かわりにペルーへ行く相談をしていたのだ。

「ほんとなんじゃないかな」

瑶子は言った。照美がカレシの自慢をするために嘘を吐いたんじゃないかとも考えてみたけれど、その可能性はほとんどない。もし嘘だったとしたら、照美はルエカもだましたことになるのだから。照美が——ほかの誰だって——そんな危険を冒すはずはない。

「やっぱりさ、たしかめないとまずいんじゃない」

有夢は言う。なんとなく、本を読むような口調で。

「ペルーに行く前にさ。海のこと、たしかめるのがあたしたちの義務じゃないのかな」

たしかめてどうするの。瑤子は思ったけれど口には出さなかった。「そうだね」と言った。

「だからさ」

とてもいいことを思いついたように有夢は言う。

「下流じゃなくて上流に向かって走ろうよ。H町まで。その途中にも陸橋あるでしょ?」

「オーケー」

と瑤子は頷いた。


いつかも走った。H町まで。あのときはもっともっと遠い気がした。自というかあのときは、自分たちが本当にH町まで行くつもりなのかどうかわからなかった。自転車で行き着ける距離なのかという問題もあったし、途中でどちらかが「やっぱりこんなことやめようよ」と言い出すのではないかという期待もあった。でも結局、言い出すことも、H町に行かない選択をすることもできなかった。そして海に会った——会うつもりはなかったのに、会ってしまった。

今から思えば、あの日はまだはじまりだった。終点みたいな気があのときはしていたけれど、はじまりだったのだ。ペルーへ行く以外の方法を考えることだって、あのときにはまだできたのかもしれない。はじまりも終わりも、誰か、あるいは何かに決められるんじゃなくて、自分で決めることができるのかもしれない。もしかしたら今日だって、まだはじまりなのかもしれない。

H町に着いたとき、瑤子はそんなことを考えていた。このことを有夢に言ってみたい、と思った。でも言い出せないまま自転車は走り続けて――こういうときペダルを漕いでいるのは自分じゃない誰かの足みたいな感じがする――、海が通う公立校に着いてしまった。

昼食も食べていなかった。有夢は一刻も早くたしかめたい、と思っているみたいだった。それで、どうやってたしかめるのかといえば、海の学校へ行ってみる、ということしかふたりとも思いつかないのだった。今日は月曜日だからふつうの学校は登校日だ。今はちょうど昼休みだから、海がもし登校していれば校庭にいるかもしれない。登校していたって校庭にいない場合があるのだし、そんな方法では何も確認できないことは、もちろん有夢もわかっていただろう。それでも、海が校庭にいる可能性はゼロではない。瑤子はそう考えた。私も有夢も、たぶん0・001パーセントくらいのその可能性に賭けているのだ。私たちは、海がいるかどうか確認しにきたんじゃないのだ。海がいてほしいと願ってここまできたのだ、きっと。

校庭では男の子たちがサッカーボールを手で投げ合って遊んでいた。駆け回って暑くなったのかみんな学生服の上着を脱いで、ワイシャツ姿になっている。女の子たちは校庭の端のほうにいて、ほとんどの子がカーディガンを羽織っていた。カーディガンは紺か黒であれば私服でもいいのだろう、それぞれデザインが違う。女の子たちの一部は遊んでいる男の子たちを見物して、手を叩いたり笑ったり、ひそひそ囁き合ったりしている。

そういう景色を、瑤子と有夢は、さほどゆっくりでもないスピードで自転車を走らせて、学校の敷地の周りを一周しながら見たのだった。なぜならふたりはこの学校ではすでにある種の有名人かもしれず、性懲りも無くまた遠征してきているのが知られたら、何を言われるかわからないからだ。もちろん、誰かこの学校の生徒をつかまえて海のことを聞くなんてできない。そんなことはもういやだ。たしかめるなんて、だからできるわけがなかった。

「いた？」

一周回って、大通りをそのまま直進しながら有夢が聞いた。

「わかんないよ、校庭広いんだもん」

瑤子は答えた。

「そうだよね、わかんないよね」

「学校見たってわかんないよ」

交わした言葉はそれだけで、海の家へ行ってみることを、相談して決めたわけではなかった。だがふたりの自転車は自然に海の家のほうへ向かった。海の家へ行ったって、今みたいに遠巻きに眺めているだけでは何もわからないだろう、と瑤子は思う。それなら何のために行くんだろう。もしかしたら眺めるだけではないのかもしれない。私たちは海に会いに行っているのかもしれない。たしかめたいのではなくて、海と話したい、と思っているのかもしれない。そうだろうか？有夢もそう思っているのだろうか？

海の家が見えてきた。前回も花がいっぱいだった庭には、今は色とりどりのコスモスが咲きみだれている。最初はコスモスしか見えなかった。だから門柱まで一メートルのところまで近づいていて、自転車の速度もさっきまでよりずっと遅かった。きっと私たちはあの門柱で自転車を止めるのだ、と瑤子は思った。そのとき花の間から、海がひょいと顔を出した。

完全に突然のことだった。瑶子は思わずブレーキをかけてしまった。有夢は先に進んで門柱を通り越したが、そこで止まって振り返った。海はピンクのトレーナーにデニムという格好だった。やっぱり学校へは行っていないのだ。

海は驚いた顔でふたりを交互に見た。以前、スーパーマーケットの駐車場でばったり会ったときと同じように。あのときは、そのあと海は顔じゅうで笑った。でも今日は笑わなかった。驚いた顔から、一瞬後には表情がなくなって、海はくるりと背中を向けた。一言も声を発さず、そのまま家の中へ入ってしまった。

川へ戻る道の途中に人垣ができていた。救急車が停まっているのも見え、事故があったらしいとわかった。車道が通り抜けづらそうなので、ふたりは歩道に上がったが、そこも人で塞がれていたので、自転車を降りて押して歩いた。

午後二時を過ぎていたが、まだ昼食を食べていなかった。空腹だったが、店に入って何か食べたり、コンビニに何か買いにいったりする気持ちにならなかった。一刻も早くこの町を離れたかった。瑶子は来たことを後悔していた。私たちはまるで殺人現場に戻った殺人者みたいだ、と思った。

「ほらあそこ、血」

と誰かが言った。歩道で立ち止まっている人たちは、一様に車道に向かって伸び上がっている。

「そんなに酷い事故なの？」

「自転車と自動車？」

「やばいじゃん、じゃあ」

「どこ？　どこ？」

いくつかの声が続く。瑤子は伸び上がらなかったが、人垣の間から、自転車に取り付けるボトルホルダーごと、道に転がっているペットボトルが見えた。突然、瑤子の中身は温度を持った。その熱さが何なのかわからないまま、

「有夢！」

と瑤子は呼んだ。引き返そう、海のところへ、という言葉が喉元にあった。

「あなた方、どこの学校？」

有夢が振り返るのと、前方から歩いてきた中年の女性から声をかけられたのはほぼ同時だった。ちょうど人垣を抜けたところだった。女性は瑤子の前に立ちはだかって、こっちへ来なさいというふうに有夢を見た。

「中学生でしょ？　学校は？」

「今日は創立記念日だから……」

おずおずと有夢が答えた。

「創立記念日？　みんなそう言うのよね。どこの学校か言いなさい」

補導員のことを以前聞いたことがあった。学校をさぼって町でふらふらしている子を捕まえて、家や学校に連絡するという仕事（？）のひとがいるらしい。ダボっとしたトレーナーに花柄のス

カート。ふつうのおばさんみたいに見えるけれど、このひとがそうなのだろうか。

「桐ヶ丘女子学園です」と瑶子は答えた。学校名は言いたくなかったが、仕方がない。

「桐ヶ丘？　私立の？　桐ヶ丘の子が、どうしてこんなところにいるの」

「だから、創立記念日なんです。昨日が学園祭で、今日は代休なんです、毎年そうです」

再び有夢が言った。

「こんなところで何をしているの」

「関係ないでしょう」

瑶子は言った。

「なんですって？」

女性の顔が険しくなる。

「自転車に乗ってきたんです。川をずっと走ってみようっていうことになって。そうしたらここに着いたから、町を見ていただけです」

有夢が慌てて説明した。

「それならそう言えばいいじゃないの。そっちの子は、なんで泣いてるの」

「わかってもらえないからです」

泣きながら瑶子は言った。


「ほら」

と泉から手渡されたのは、彼がさっきまで装着していたイヤフォンだった。

「いいの？」

ちょっとどきっとしながら、瑤子は受け取った。

「べつにいいよ」

泉は、今さら照れたような表情になる。瑤子はイヤフォンを耳に当てた。リンド・リンディが聞こえてくる。「ペルー」だ。

「気に入っちゃってさ。しょっちゅう、聴いてる」

「そうなんだ？　いいよね、リンディ」

「おう。自転車に合うよな」

その自転車に、ふたりとも跨っている。泉が瑤子の家に泊まった翌日の、日曜日の朝。泉はこれから川沿いを走って、H町の先のA町から電車に乗って帰る計画だそうだ。瑤子は途中まで自転車で送っていくことになっている。

「どうせならA町まで一緒に来ればいいのに。鍾乳洞、一緒に見ようぜ。饅頭もおごるよ」

「やだ。帰りひとりだと遠いもん」

「ヘタレだな。じゃあどこまで来る？」

「行けるところまで」

「リンディ、聴きながら行く？」

「うん、そうしよう」

いい天気で、十月なのに暑いくらいの陽気だった。ふたりはそれぞれのイヤフォンを付けて走り出した。

泉の自転車は青いロードバイクだ。サドルの後ろに荷物をくくりつけているのに、すいすいと身軽そうに瑤子の先を行く。昨日の夜も今朝も、食事をするときも、瑤子の両親が側にいたから、本当の意味で泉と再会したのはさっき、ふたりで家を出たときであったような気が瑤子はしている。

といって、何を喋ったわけでもないけれど。会話は両親が一緒のときのほうが多かった。でも、ふたりで自転車に跨ってから、はじめて本物の会話をしたように瑤子は感じている。

ペ・ルー。ペルゥウー。

リンディが歌う。今、ひとつめの陸橋を越えたところだ。

ふたつめの陸橋まで送っていこう、と瑤子は決める。そこは先週、ペルーの入口にしようと有夢と決めたところだ。じゃあ、さよなら、と泉に言おう。泉にその言葉を伝えるのにふさわしい場所。この前H町へ行ったとき、海のところへ戻れなかった。戻ろう、と思ったのに、有夢にそれを言えなかった。あのまま帰ってきてしまった。私たちを見て、あんな顔をした海を残して。きっと海は、私たちがまた何か嫌がらせをしにきたと思っただろう。もう遅い。もう海には二度と会えない。もうH町には行けない。そのかわりにペルーへ行く。

泉のヘルメットは銀色、パーカは鮮やかな緑、デニムは色褪せていてクタクタ。白いスニーカー。

泉のことが好きだ、と瑤子は思う。ペルーに行くからそんな気持ちになるのかもしれない。それでもいい。意味はないかもしれないけれど、こんなふうな気持ちになれたことは嬉しい。この気持ちをペルーに持っていこう。タータンチェックのヒップバッグのように。

私たちが海にしたことを、泉は知らない。私たちがペルーへ行ったあとで知るのかもしれない。そのことを考えると少し悲しくなる。でも、泉が知ったときには、私たちはもうここにはいない。

そのことに瑤子は少し、安心する。

9　和子

波多野さんはひとりぼっちだ。

野方和子は思う。

波多野さんもひとりぼっちだ。

和子は心の中でそう言い直す。

波多野さんはいじめられている。

波多野さんもいじめられている。

波多野さんは三ヶ月くらい前に、この高齢者専用マンションの住人になった。新しい住人が増えたときには必ずやることになっている歓迎会――夕食時、食堂で当人に自己紹介させて、先住者たちが拍手する、というだけのものだが――で、「趣味は読書」だと言い、「好きな作家はフォークナーとマルグリット・デュラス」だと言ったのだった。和子はそれで波多野さんに興味を持ったわけだが、住人の中でフォークナーやデュラスの名前を知っているひとは少なかった（いや、実際のところ、いなかったのだろう）。

それで、波多野さんってなんだか気取ってるわよねという雰囲気になった。もちろん、そういう雰囲気を率先して作り出した者がいる、ということだ。それはこのマンションの住人のボスだった。ボスはどこにでもいる。集団があれば、ボスがあらわれる。中学校でも、老人ばかりのマンションでも。

ここのボスは小笠原タエ子という、七十二歳の独り住まいの女で、言いたいことを言いやりたいことを主張する性格によって、力を持っている。損だけはしたくない、と思っているようなひとたちがタエ子の周りに集まって派閥を作り、今もテーブルを寄せてこれ見よがしに楽しげに食事している。派閥には入っていないひとたちも、タエ子にきらわれているひとと仲良くするとばっちりがくるから、そうならないように行動する。これもどこでも起こることだ。それで、波多野さんはここへ来てから、最初の数回を除いてずっとひとりで食事している。昼も夜も。たぶん朝も。窓のない隅っこのテーブルで。

その波多野さんが、ひとりぼっちの食事を終えて、配膳カウンターに近づいてくる。トレイを戻すと、調理場を覗き込んだ。

「コックさん、コックさん」

コックと呼ばれたことはこれまでなかったが、そう呼ばれる者がいるとすれば自分しかいないので、和子は手を拭いて波多野さんの前へ行った。

「あのね。とってもおいしかったわ、今日のお料理」

ひみつを打ち明けるような口調で波多野さんは言う。真っ白になった髪は短いおかっぱで、赤い口紅と鮮やかな緑色のワンピースによく合っている。

「えっと……どれですか?」

波多野さんに話しかけられたのははじめてなので、幾分動揺しながら和子は聞いた。昼食は二種、夕食には三種のメニューを出している。実際は、波多野さんがCの「タイ風そぼろごはん」を選んだことは知っていた。でも、そんなふうに和子が気にかけていることを本人に知らせてはならない気がする。

「Cよ、もちろん」

わかっているでしょう、という顔で薄く微笑みながら波多野さんは言った。

「ありがとうございます、嬉しいです」

和子は微笑み返した。作ったものを気に入ってもらえるのは嬉しいし、それがCの皿ならなおさらだ。Aが和食、Bが洋食。それまでの調理師が作っていた二本立てのメニューに、和子がCのエスニックを付け加えたのだから。老人たちに、ささやかな食の冒険を提供したいというのが和子のモチベーションだった。

「明日も楽しみ」

波多野さんはそう言って、食堂を出ていった。

和子の胸に小さな明かりが灯って、けれどもその明かりは、すぐに闇に飲み込まれてしまった。もちろん、嬉しい出来事には違いない。でも、和子と娘に今また覆いかぶさっている闇は、あまりにも深かった。

老人たちは七時半までには夕食を終えるし、職場から家までは自転車で二十分の距離だが、後片づけや何やかやで、和子が自宅に帰り着くのは午後九時近くなる。以前はこの距離を近いと思っていたが、今はどんなに自転車を飛ばしても遠く感じる――家で待っている海のことを思うと。正確には、もしかしたら海は家で待っていないかもしれない、と思うと。

家は借家で、ここは辺鄙な町だから家賃は安い。築五十年の壊れかけたような平屋だが、広めの庭がついていて、今は赤とオレンジの小菊がよく咲いている。

門の前で自転車を降りたとき、リュックの中の携帯電話が鳴り出した。その音に心臓が締めつけられるような気がするようになったのも、最近のことだ。きっと悪い知らせに違いないと、どうしても考えてしまう。リュックを背中から下ろす前に、和子は思わず家のほうをたしかめた。玄関にも部屋の中にも明かりが灯っている。でも、そんなことはたいして保証にはならない。夜帰ってくる母親のために、海は明かりをつけて家を出たのかもしれない。海はそういう子だ。

躊躇しているうちに電話は鳴り止んでしまった。おそるおそる取り出してみると、かけてきたのは圭一だった。海外にいるから、用事があるときにはたいていメールで、電話をかけてくるというのはめずらしい。和子はあとでかけなおすことにした。今はとにかく、早く海の顔が見たい。

「おかえり」

ダイニングにいる海を見て、和子は心の底からほっとした。食卓の椅子に座って、テーブルの上にはマグカップと文庫本がある。

「ごはん、おいしかったよ」

和子が何か聞く前に海は言った。

「今日は何食べたの？」

和子は聞く。今のような生活形態になってから、作り置きできるおかずを休みの日に何品かこしらえて、冷蔵庫に入れておくようにしている。

「厚揚げの肉詰めと、かぼちゃのサラダ」

「よかった。厚揚げは自信作だったんだ。お母さんもそれ食べようかな」

「うん、そうしなよ。ごはんよそう？」

ありがとう、お願いと和子は答えて、自分は冷蔵庫からおかずを出して皿に盛った。ごはんは毎日、海が炊いておいてくれる。テーブルに着いて食べはじめると、海も自分の箸と小皿を持ってきた。

「なーに。もう一回食べるの？」

「お母さんが、あんまりおいしそうに食べてるから。さっきよりおいしくなってるんじゃないかって」

海は笑い、和子も笑う。でも和子の心は陰っていく。娘が無理をしているのがわかるからだ。さっき冷蔵庫を開けたときにさっとたしかめたが、タッパーの中身はどれもほとんど減っているようには見えなかった。昼は何を食べたのだろう。厚揚げやかぼちゃだって、本当はろくに食べていないのかもしれない。母親をこれ以上心配させないために少量皿に取って、しばらくじっと睨んだのちに、心を傷めながらトイレに流したりしているのかもしれない。夏が終わる頃から、海は痩せてきていた。

　でも今、海は、和子の前のかぼちゃサラダの皿に箸を伸ばして、ウインナーの輪切りをひとつ取り、口に入れている。

「どうせならごはんも食べたら？」

　と和子は言ってみる。

「無理無理。こんな時間に食べたら太っちゃう」

　冗談のつもりだろうかと思いながら、和子は曖昧に笑い返す。海が食欲をすっかり失っていること、その結果ますます痩せてしまっていることは、話題にはできない。話題にするのは、ひどく痛めつけられている娘を無理やり揺さぶるようなものだと思えるからだ。

「お母さん、今日ほめられちゃった」

　沈黙が長引かないように、和子は言った。

「メニューC。ガッパオライスをちょっとアレンジしたやつだったんだけど、居住のひとが、とってもおいしかったわって」

「やったね」

　変わったことをしたくない経営者側には、和子のメニューCがあまり歓迎されていないことは海も知っている。

「どんなひと？」

「最近入居してきた、上品なおばあさん。愛読書はフォークナーとデュラスだって」

それ以上は言わない。いつもひとりぼっちで食事しているなどと、娘に言えるはずもない。

「わあ、かっこいい。負けた」

海は読書家だ。フォークナーもデュラスもまだ読んだことはないだろうが、名前も、「かっこいい」ことも知っている。和子はちらりと、テーブルの片隅に寄せられた文庫本を見た。ハインラインの『夏への扉』だった。もともとは和子の本だったが、海が中学校に入学したときに譲ったもの。もう何度も読んでいるはずの小説をまた読んでいるのは、内容ゆえか。このところ家から一歩も外に出ていなくて、本屋に行くことができないからか。それとも読んではおらずただ置いてあるだけなのか。

それも聞けない。言えないことと聞けないことはいくつもある。先月半ばから海は登校しなくなったが、そのことですらもう話題にはしない。転校した学校で何があったのか海は決して話さないし、和子も娘を問い詰めることがもうできなくなった。海も和子も、これがふつうの状態であるような顔をして、闇の中の日々を過ごしている。

圭一からあらためて電話がかかってきたのは、日曜日の午後だった。

日曜日はマンションの食堂も閉めるので、和子は家にいて、洗濯物を取り込んでいた。

そうしながらも、ときどき家の中をうかがった。仕事で家を空けているときは海のことが心配でたまらないが、家にいるときには娘を監視しているような気持ちになってしまう。今のような状況に、十四歳の子供が耐えられるはずはない、と思うからだ。

足元には小菊に交じって、夏の名残りのエキナセアがぽつぽつ咲いている。庭で咲く花はほとんどが宿根草《しゅっこんそう》で、越してきてすぐに海と一緒に苗を植えたのだった。

そのときのことを思い出すと、光に満ち溢れた光景が浮かんでくる。実際には、苗を植えるのには適さない、十二月の寒い薄曇りの日だったのだけれど。転校が決まって海はいくらか不安そうだったが、それ以上にほっとしている様子だった。

あのときは、前の私立校で起こったことを、海は和子にすべて打ち明けていた。マラソン大会のこと、そのあとはじまったいじめ、仲良しだった有夢と瑤子までもが、最終的にはいじめる側――というのは和子の認識で、海はずっと「あっち側」という言葉を使っていたけれど――に与したこと。あなたはなにひとつ悪くないと、和子は懸命に海に言い聞かせた。実際、マラソン大会の選手選抜で狡いことをする子たちについては、いじめがはじまる前から海の話を聞いていて、一緒になって憤慨していたのだ。そう――私の憤慨が、海を煽った面もあるのだ、と和子は辛い気持ちで思い返す。私の正義感や人生への態度を、娘に押し付けたつもりはないけれど、間違いなく影響している。それがなければ、きっとあの子はこんな目に遭わなかったのに。

教師に相談しても埒が明かないことがわかって、和子は転校と、そのための引越しを決断したのだった。海は最初、有夢や瑤子と別れることをいやがっていた。ふたりから無視されるようになったことを悲しんでいたけれど、恨んではいなかったのだ。このことについても和子は娘とさんざん語り合ったが、和子のほうが教えられた体《てい》だった。ふたりが悪いんじゃなくて、そういう仕組みになってるのがいけないんだよ、と海は言った。最終的に海が転校を決心したのは、自分がいなくなればあのふたりもいやな思いをしなくてよくなる、と考えたからだった。

春の連休にふたりが突然やってきたときには本当に嬉しかったようだ。有夢と瑤子は、実際には自分のことをきらいになったわけではないのだ、ということが証明されたと思ったのだろう。ふたりが訪ねてくるのはそれきりだったけれど、連絡は以前のように取り合うようになっていたのだろうか。夏休みが明けて海の元気がなくなってきたとき、有夢と瑤子を招待しようかと和子は提案してみたのだが、海の反応がはかばかしくなかったことは少し気になっていた。でも、こちらの学校でも、仲のいい子が何人かできていた。一学期はあかるい顔で学校に行っていたのに。

「はい」

和子は取り込んだ洗濯物を入れたカゴを持ち替えて、電話を取った。精神状態がいいときでも、圭一と話すといつも気持ちが乱れるから、できれば電話を取りたくなかったが、海の父親だし、引越しができたのは彼の金銭的援助のおかげだから、無下にもできない。

「やあ。昨日も電話したんだよ」

まるでまだ夫婦であるかのような言いかたを圭一はした。旅先からの電話であるかのように。娘が生まれて間もなく、金髪碧眼の女と恋仲になって家族を捨て、地球の反対側へ行ってしまった男なのに。

「何か急用？」

どうしても切口上になってしまう。圭一は悪い人間ではない。真面目な男だから、女との仲を浮気にできなかったのだ。引越しにまつわる費用だけでなく、養育費ほかでも、彼はできるかぎりのことをしてくれている――気前の良さには、再婚相手の実家が資産家である、という事情が大きく関係しているに違いないにしても。だからといって友人付き合いができるというわけもない。

「そっちは日曜日の昼だろ。なにしてたの」

圭一はなかなか用件を切り出そうとしない。和子はいやな予感がした。

「どうしたの？　なにかあったの？　海のこと？」

「海？　いや、違う。クロエだ」

自分から圭一を奪った女の名前が出てきて、和子は意味もなく庭の中を歩き出した。

「彼女がどうかしたの」

「死んだんだ。四日前に」

「死んだ？　どういうこと？」

「突然だったんだ。動脈瘤破裂だよ。朝起きたら口から血を吐いてベッドからずり落ちていた。そのときはまだ息があったけど……」

洗濯物を抱えて電話を耳に当てたまま、和子はさらに庭の中を移動した。圭一はまだ説明を続けている。救急車の中でどうとか、医者にどう言われたとか、最後はどうだったとか。和子はレンガで作った通路に飛び出していたエキナセアの花を踏んだ。クロエが死んだのは、どうやら本当らしい。私は何と言えばいいのだろう？　お気の毒だったわね。兆候は何かなかったの。大変だったでしょう、あなたは大丈夫なの。幾つかの言葉が浮かんでくるが、どれも口から出す気にならない。

ポストに何か入っているのが見えた。今日は郵便はこないはずだから、ポスティングのちらしかDMかなにかだろうか。今たしかめる必要もなかったが、和子はポストへと歩いた。A4の紙片が三つ折りになった印刷物を取り出した。

近所で工事が行われる知らせとか、そういう類のものだろうと思いながら、紙片を開く。すぐに目に飛び込んできたのは娘の名前だった。パソコンで作ったとおぼしき文書で、「H市立第二中学校のみなさまへお知らせ」というタイトルがついている。「去年そちらの学校に転校してきた野方海（中学二年）は、最低の裏切り者です。クラスが一丸となって、優勝をめざしていたマラソン大会は、彼女の卑怯な裏切りのおかげで、負けました。責任を逃れるために、野方海は転校しました……」最後に「桐ヶ丘女子学園　中等部生徒一同」とある。

手が震えていた。圭一はまだ何か喋っている。聞こえているが、何を言っているのかさっぱり頭に入ってこない。

「それで？」

和子は圭一を遮った。

「私にどうしろっていうの？」

声が震えるのを抑えようとして、意図していたよりずっときつい口調になった。

「どうしろとも、思ってないよ」

心外そうに圭一が言う。

「じゃあ何のための電話なの?」

「何のためって……知らせるべきだと思ったから」

「こんなことで電話してこないで。彼女が生きていようが死んでいようが、私には関係ないわ」

「おい、和子……」

和子は電話を切り、電源も切った。海が庭に面した廊下の窓から、不安そうにこちらを見ていることに気づかなかったら、あやうく電話機を地面に叩きつけるところだった。洗濯物の陰で、和子は紙片をまるめてデニムのポケットに突っ込んだ。それから海に見られてもいいような顔を作った。うまくいかなかったら、圭一とケンカしたことにするしかない。


まるで動物みたいだと和子は思う。

獲物の気配にピクリと耳をそばだてて、そろそろと近づいていき、ここぞというタイミングで襲いかかる。

あるいはカラス。こちらのほうがぴったりかもしれない。食べられそうなものを目ざとく見つける。カアカアと仲間を呼び集める。急降下して、さっと攫って、飛んでいく。

和子は今日も厨房の中から波多野さんを見ていた。波多野さんは今日はひとりぼっちではなかった。入居してきたばかりの女性が、ひとりで座っている波多野さんのところへ近づいていったからだ。ふたりは向かい合って夕食を食べた。新入りの女性はメニューA(鯖の竜田揚げの茸あんかけ、春菊の胡麻和え、さつま汁)で、波多野さんはもちろんメニューC(タイ風やきとり、ミニ春巻き、レタスサラダ）を。女性のほうがさかんに波多野さんに話しかけ、波多野さんは微笑しながら答えていた。

その様子を、離れたテーブルでタエ子たちがちらちら見ていた。ヒソヒソ囁き合ったり、にやにや笑いを交わしたりしながら。もうとっくに食事を終えているのに、タエ子たちはずっとテーブルにいた。波多野さんたちが動くのを待っていたのだ。

波多野さんと女性が食事を終えてトレイを戻し、連れ立って食堂を出ようとしたとき、タエ子が立ち上がって、女性の名前を呼んだ。ちょっと、ちょっと、こちらへどうぞ。女性は波多野さんはどうするのかという顔で波多野さんを窺ったけれど、波多野さんは薄く微笑むとお先にとだけ言って出ていった。それで、女性はタエ子たちのテーブルに行った。そこから先は和子はもうたしかめる気にもならなかった。取り囲まれて、波多野さんの悪口を吹き込まれる。波多野さんと仲良くすればここでは暮らしにくくなることを暗に教えられる。タエ子たちと女性は一緒に食堂を出て行った。女性の隣にはタエ子がぴったりくっついて、身振り手振りを交えながらまだ何か喋っていた。気が弱そうな女性だった。きっと明日からはもう波多野さんに話しかけないだろう。

その日、仕事を終えると、和子はマンション内の廊下を、出口とは反対方向に歩いた。

マンション一階の北側が、ミーティングルームや更衣室が並ぶスタッフ専用通路となっている。通路の突き当たりに、この施設の最高責任者である館長の執務室がある。

そこへ向かって歩きながら和子は思い出す——ちょうど去年の今頃、桐ヶ丘女子学園の廊下を、職員室に向かって歩いていたときのことを。あのとき胸には期待があった。すくなくとも絶望はなかった。この廊下を歩いて面談室のドアを叩き、そこで待っている担任教師と話をすれば、すぐにではないにせよ、状況は今より良くなるはずだと信じていた。その期待は三十分も経たないうちに裏切られたわけだが。

和子は館長の部屋のドアをノックした。

館長は最初、和子が誰だかわからない様子だった。採用のとき面接で一度顔を合わせただけだったし、面談のアポイントも取っていなかったから無理もない。ここへ来ることは、今日になって——というよりさっき突然決心したのだった。調理師の野方ですと名乗ってから、波多野さんが現在おかれている状況について和子は館長に話した。

「……食事のときに仲間はずれにされてるだけじゃなくて、ほかでももっと辛い目に遭われているると思うんです。住人のために用意されているイベントなどもここではたくさんありますし、お独り住まいで高齢者向けマンションを選ぶ方にとっては、住人同士の交流は大事なことなんじゃないでしょうか」

「そうは言っても、ここは施設じゃなくてあくまで住居なんですよね」

館長の反応はほとんど予想できたものだった。この館長が、ということではなく、自分がいる世界というのはそういう場所であると和子はもう気づいている。波多野さんのためなどではなく、ただそのことをたしかめるためにここまで来たような気さえしてくる。

「気が合う、合わないという問題はありますからね。頭がはっきりしている入居者の方々は独立した大人ですから、その領域にこちらから立ち入るというのもむずかしいものがあります。それにあなた……調理師さんがご自分でおっしゃっていたように、あなたがご存知なのは食堂の中だけでしょう、ケアチームのスタッフからは、何も言ってきませんよ」

ケアチームのスタッフは、「頭がはっきりしていない入居者」への対応で忙しすぎるのだ、と和子は思ったが黙っていた。心がもう閉じかけていて、館長の背後の書棚に並んでいるのはビジネス書ばかりだとか、この六十がらみの男性がスーツとネクタイ以外を身につけているときというのはあるんだろうかとか、埒もないことを考えていた。

「そうそう、来てくれたついでと言ったら申し訳ないんだけど」

館長は言った。その言葉が、波多野さんについての話はもう終わりだという通告も兼ねていた。

「あなたがはじめた夜のメニューCね。意気込みはわかるんだけど、やっぱりここの人たちの口には合わないみたいでね。このところ続けて、苦情が来てるんだよね」

「苦情、ですか」

「そう。へんな香辛料が入っていてあとで具合が悪くなったとか、辛すぎて胃が痛くなったとかいう声が幾つか届いてね。まあ大事には至らなかったみたいだけど、ひとりふたりじゃないとなると、対応せざるを得なくてね」

「そんなにたくさん苦情があったんですか」

そもそもメニューCを選ぶ人がそれほどいるわけじゃないのに。しかし館長は重々しい顔で「うん」と頷く。

「まあ今回は責任取れとか、そういう話にはしないから。最初の頃は評判もよかったし。メニューCはやめてもらうということで、お願いできるかな」

波多野さんが和子に話しかけたのをタエ子たちは見ていたのだろう。聞き耳を立てていたのかもしれないし、波多野さんが毎回メニューCを選んでいることにも気づいていたのかもしれない。どう考えても報復としか思えなかった。波多野さんへの。彼女と親しく話した和子への。

どうしてだろう？　ごく素朴に、和子は思う。どうして、いじめる者たちには、生贄が必要なのだろう。どうして彼らは誰かを否定することでしか幸せになれないのだろう。

納戸にしまい込んでいた彫刻は全部で六体あった。和子は海と一緒に、それらを庭に運び出した。

「お母さん、これどう？」

カレックスの繁みの向こうで、海が声を上げる。赤い塗料で仕上げた一体が、繁みから顔を出している。アハハ、いいねと和子は応じた。

木彫りの彫刻は美大在学中にはじめた。卒業してから数回個展を開き、幾つかの賞ももらって、アーティストとして生きていくことを望んでいた。けれども圭一が出ていってひとりで海を育てることになってからは、生活だけで手一杯になった。この約十年の間に、どうにか時間と気力とをひねり出して作り上げたものが、この六体だった。

今日は日曜日、館長の部屋へ行ってから最初の休日だった。メニューCを作らなくなってから最初の休日でもある。メニューを記した黒板をじっと見上げていた波多野さんは、メニューCがなくなった理由を厨房の「コックさん」に問い質そうとはしなかった。トレイを下げに来たときも、和子のほうはちらりとも見なかった。

そのことはもちろん海には言っていない。メニューCをやめたこともだ。この先、メニューCやそれを気に入ってくれた人のことを海に聞かれたら、嘘をつかなければならなくなるだろう。どうすればいいのだろう。海に笑顔を向けながら、和子はずっと考えている。メニューCや波多野さんのことではない。この世界で、海を生き延びさせるには、どうしたらいいのだろう。

「これはここでいい？」

「いいよ。なんか動物がいるみたいに見えるね」

六体の彫刻をオブジェとして庭のあちこちに置くことは今朝、和子が思いついた。材質は木だから風雨にさらされて次第に朽ちていくだろうが、納戸にしまい込んでいるよりはマシに思えるし、それに――納戸の中で息を潜めていた自分の夢や決意を陽の下に晒してやりたい、というどこか暴力的な気分もある。置き場所は海に任せて、和子は縁側から娘を見ている。

今日も秋晴れで日差しは暖かく、空気は澄んでいて少しつめたい。生まれつき少し茶色っぽい海の髪に光が当たって、頭のかたちがぼんやりと景色に滲んでいる。海はサボテンに似た紫色の一体を置いたクリスマスローズの一画から少し下がって、全体を眺めている。「動物っていうか、宇宙人だね。弱そうな宇宙人」と言って、笑う。

今日はよく笑っている。母親の職場で何かあったのではないかとうっすら察していて、自分のことではこれ以上気を塞がせないようにと、一生懸命笑っているのだろうと和子は思う。それでも、やっぱり海が笑えば嬉しい。娘にはいつもこんなふうに笑っていてほしい。無理にではなく心から笑える場所で生きてほしい。

茶の間の座卓の上で和子の携帯電話が鳴り出した。その音に煩わされたくなかったから、家の中に置いて縁側に出たのだ。和子は放っておいた。電話はしばらく鳴ってから切れ、また鳴り出した。そうなると今度は気になってきて、和子は家に上がって電話を取った。

「野方さんですよね。エバーグリーン壱番館の林田です」

館長だった。休みの日に彼が和子の携帯に連絡してくる理由は、解雇の通告しか考えられなかった。和子はいっそどこかほっとしながら、館長の言葉を待った。

「波多野さん、そちらにいらっしゃっていませんか」

「え？　いいえ」

「何か連絡はありませんでしたか」

「いいえ。波多野さんは私の家も、携帯の番号もご存知ありません。彼女がどうかしたんですか」

「昨日から部屋に戻っておられなくて」

昨日、夕食時の食堂には波多野さんはいた。その姿は和子も見ている。だが夜零時の巡回で、波多野さんの部屋のドアが開け放たれていることにスタッフが気づいたのだそうだ。部屋の中に変わった様子はなく、ただ波多野さんの姿だけがなかった。ベッドには寝た痕跡がなかった。マンション内も近所一帯も探したが見つからなかった。今朝まで待ってみることにしたが、正午近い現在になっても波多野さんは帰ってこないのだと、館長は言いにくそうに説明した。

「……いや、心配するようなことにはなってないと思いますが、念のためです」

まんがいち波多野さんから連絡などがあったら知らせてほしいと言い置いて、館長は電話を切った。

「どうしたの？　誰？」

「スタッフからよ。明日の食材のこと」

縁側に戻った和子は、海に笑いかけた。思い出すのはメニューCが消えたとき、黒板を見上げていた波多野さんの顔だった。何が起きたのか了解した顔。さびしげな、あきらめた顔。あの顔のまま、波多野さんはマンションを出て行ったのか。今どこにいるのだろう。無事でいるのか。和子は叫びだしそうになった。海がいなければ叫んでいただろう。私がこうして偽物の笑いを顔に貼りつけている間に、波多野さんも海も、どこかへ行ってしまう。そして戻ってこれなくなってしまう。


和子は自室の窓から庭を眺めた。

午前二時。この庭に波多野さんが潜んでいるはずもない。暗くて花も見えない。

海はもう眠っただろうか。そうであればいいけれど。たしかめに部屋へ行きたい気持ちを抑える。娘が暗闇の中でじっと目を開けていることがわかったとして、どうすることもできないのだから。

和子は音を立てないように押入れの戸を開け、アルバムを取り出した。海が生まれてから、成長の記録として撮りためた写真を貼ったアルバムだ。圭一が写っているものもある。別れたとき、はがして捨ててしまいたい衝動に駆られたが、自分の夫ではなくなっても、海の父親ではあるのだからと思いとどまった。あの頃はまだ彼に、じゅうぶんな未練もあったのだろう。今は彼の写真を見ても、愛しいとも憎いとも思わない。

心をぎゅっと摑まれるような思いがするのは、幼い海の写真を見るときだ。生まれたての海、乳を吸う海、アヒルの顔がついた子供用のトイレに座っている海、麦わら帽子をかぶり片手に小さなスコップを持って、笑っている海。

和子はやっぱり目を凝らす――さっき暗い庭を見つめていたときと同じに。そうしていれば、成長した海、現在の海が、顔中で笑っている写真が、そこにあらわれるとでもいうかのように。


和子は自転車を飛ばす。

川沿いの道を、マンションに向かって走っていく。勤務時間までにはまだ余裕がある。しかし急げば、ほかの何かに間に合うような気がする。その一方で、急いだって、いやなニュースを聞くときが早まるだけだ、とも思っている。昨日、夕方と夜に一回ずつ、こちらから館長に電話してみたが、波多野さんはまだ帰っていなかった。

波多野さんに何かあったら、館長の責任ですよ。

マンションに着いて、波多野さんがやっぱりいなかったら、館長にそう言ってやろう、と和子は考える――ある種の呪文のように。波多野さんがいじめられていることはわかっていたでしょう。みんな、わかっていたはずです。館長も、スタッフも、入居者の方みんな、それに私も。わかっていたのに何もしなかった、結局、私も。おまけにメニューCを言われるままにやめてしまった。やめなければよかったんです。あれは波多野さんへの裏切りだったんです。波多野さんはこっそり私に与してくれたのに、私は彼女を切ってしまった、クビになりたくなかったから。

考えていたら涙が出てきた。灰色の川面や、だらしなく伸び広がった岸辺の繁みが滲み、その中にふっと鮮やかなピンクの点があらわれた。近づいていくとそれは頭の形になって、そんな奇抜な色の髪の毛でマンションに向かって歩いていくのは、ほかならぬ波多野さんだった。

「波多野さん！　波多野さん！」

それとわかった地点から和子が呼ぶと、波多野さんは振り向いて、「あら！」と嬉しそうな声を上げた。

「コックさんは自転車通勤なのね」

山吹色の薄手のコートに、花の刺繍の小さなバッグ。波多野さんはあいかわらずお洒落だが、ピンクの髪はどう考えても異様に浮いている。

「どこ……どこに行ってたんですか」

泣きながら和子は言った。

「ちょっと気分を変えたくてね。行くところはいろいろあるのよ、これでもね」

波多野さんはチノパンのポケットからハンカチを出して和子の頬を拭いた。

「心配しましたよ、私。館長から電話があって」

「電話を一本くらい入れたほうがいいかしらと思ったんだけど、忙しくてね。ほら、こんなこともしてたから」

波多野さんはピンク色の自分の髪を指差してフフッと笑う。和子は呆気にとられて、一瞬後に吹き出した。泣きながら笑った。

自転車を降りて、ふたりで並んでマンションのアプローチを歩いていく。

「すごいですね、その髪」

「美容師さんからも止められたのよ。でもがんばったの」

「波多野さん。私、メニューC……」

「いいのよ」

と波多野さんは遮って、

「これがメニューC」

と自分の頭を指差した。

「また何か言われちゃうかしらね。言われたら、今度は緑にしてやるわ。メニューDよ」

マンションから出てきた館長が、その場で突っ立っている。窓からタエ子たちが覗いている。色はいくらでもあるんだから、と波多野さんは言う。

10　瑶子

有夢と一緒にトイレに行って戻ってきたら、椅子の上に濡れた雑巾が置かれていた。ただの水ではなくて泥水に浸したようだった。雑巾の下には、濡れた泥の塊もあった。瑶子は濡れた雑巾で泥を包んで捨てにいった。手洗い場に、少し遅れて有夢も来た。一瞬だけ目を見交わして、何も言わずに雑巾を洗う。教室に戻ると、椅子の上にはさっきと同じように泥水でびしょびしょになった雑巾が置かれていた。

瑶子の席は教室の後方で、有夢の席は前から二番目だ。瑶子は有夢のほうを見た――周囲の誰の顔も見ないようにして、有夢のほうだけを。もちろん、有夢にも同じことが起こっていた。有夢は二枚目の雑巾を持って教室を出て行く。瑶子もそうした。戻るとやっぱり泥まみれの雑巾が置かれていた。誰かがぷっと吹き出した声が聞こえた。

瑶子は雑巾で椅子を拭い、その雑巾を床に置くと、ハンカチで椅子の上を拭った。有夢もそうしている。椅子の上はびしょびしょで、ハンカチ一枚ではどうにもならない。でも、しかたがない。まだ濡れている椅子の上に瑶子は座った。とにかくこれで、次の雑巾を置かれることはないのだから（いったい何枚の雑巾を用意してあったのだろう?）。拭いきれなかった水気がスカートを通して尻や太腿に伝わってくる。有夢も座っているのをたしかめてから、瑤子は机の上に目を伏せる。くすくす笑いが聞こえてくる。きったない。ありえない。キモい。そんな声も。

転校先の学校に、海は登校しなくなった。それが伝わってきてしばらくしてから、瑤子と有夢へのあからさまな攻撃がはじまった。「じつはビラをちゃんと撒いていなかった」という言いがかりからはじまって、「裏で海と結託している」と決めつけられた。否定したけれど無視された。どのみち理由なんてあってもなくても同じだったのだろう。海にもう手を出しようがなくなったから、それまで海に向けていたぶんの悪意が、有夢と瑤子に向けて加算された、そういうことなのだろう。


ホームルームが終わると、瑤子は再びトイレへ行って体操着に着替えた。

有夢はトイレまでついてきてくれたが、そこで別れた。今日これから、瑤子は担任教師と進路についての面談がある。有夢は待たずに先に帰ると、相談して決めてある。学校内でひとりでいるのはつらすぎるからだ。

「あら、どうしたの?」

生徒指導室に入ると、園田先生は眉をひそめた。けれども一瞬後には笑顔になる。

「着替えるヒマなかったの?」

失望が瑤子の胸に広がる。ついさっきのホームルーム中、私は体操着なんか着ていなかったのに。私が何のために体操着に着替えたと思っているのだろう。

気づくかな、とちょっと思っていた。体操着に着替えたのは、スカートがまだ濡れていて太腿が気持ち悪いせいもあったけれど、体操着を着ていれば先生から何か聞かれるのではないかという期待も、今考えればきっと少しあったのだった。聞かれたとして、本当のことは答えられなかっただろうけれど。結局、やっぱり何も聞かれなかった。やっぱり先生は気づかないのではなく気づこうとしなかった。

「緊張しなくてもいいからね。今日はざっくりした、アンケートみたいなものだから。えーとまずはね、高校、進学、しますよね？」

「はい」

機械的に瑤子は頷く。「いいえ」と言ったらその理由を聞かれるからだ。

「桐ヶ丘学園の高等部への進学を希望していますか？」

「はい」

そうだよねえ、と呟きながら、園田先生は手元のファイルをめくる。瑤子の成績その他が記録されたファイルだろう。今の成績ならまず問題なく進学できるけど、もうちょっとがんばってみてもいいよね、というような話を先生はする。

瑤子はあいかわらず機械的に頷きながら、そうだよねえ、というのはどういう意味だろう、と考える。そうだよねえ、当然だよねえ、せっかく中高一貫校に入って、エスカレーター式に上に行けるんだから、高等部に進学するに決まってるよねえ、という意味だろうか。

ペルーに行かずに高等部へ行ったら、と瑤子は考えてみる。何かが今と変わるだろうか。中等部を卒業したら、ルエカたちはいじめも卒業するだろうか。十六歳になったらひとは、誰かをいじめる必要がなくなるだろうか。そうは思えない。形は少し変わったとしても、これはずっと続く。そう思える。高校を卒業しても大人になっても、続くのかもしれない。目の前にいる園田先生のことが、瑤子にはルエカの「続き」みたいに思える。

「将来のこと、何か考えてる？」

ファイルからふっと顔を上げて、園田先生が聞く。先生用の椅子が一脚、机がひとつ、生徒用の椅子が一脚。生徒指導室にはそれだけのスペースしかない。園田先生の後ろは窓で、窓枠にちっぽけな陶器の花瓶が置かれている。花瓶には赤い木の実がついた枝が一本差してある。誰があれを飾ったのだろう。

「将来」

瑤子は鸚鵡返しに呟いた。

「こういう仕事につきたいとか、こういうことやってみたいとか。どういうことが好きで、ぎゃくにこういうふうにはなりたくないとか。そんなにはっきりした希望じゃなくても、なんとなくでいいんだけど」

桐ヶ丘には大学はないから、ひとによっては外部の高校を受験したほうがいい場合もあるからね。園田先生は再びファイルに目を落として、そこに書いてあることを読んでいるかのようにそう続けた。

瑤子は黙っていた。黙って、小さな頃から今までに胸に思い浮かべたことがある「なりたかったもの」のことを考えていた。バレリーナ。バイオリンを弾くひと。絵本を書くひと。本屋さん。ツアーの計画を作るひと。旅行に行って、そのことを書くひと。

「ん？」

と園田先生が顔を上げた。

「いえ……べつに」

と瑶子は答えた。園田先生はまた一瞬だけ眉を寄せた。

「……そうだよね、将来とか言われたって、ぴんとこないよね、まだ。いいのいいの、いちおう、聞いてみただけだから」

園田先生はファイルをパタンと閉じて、脇へ寄せた。先生は今年いっぱいで学校を辞めて、結婚するらしい。本人が発表したわけではないが、ルエカたちが噂していた。どのみちいなくなってしまうのだ、と瑶子は思っているけれど、先生自身も、きっとそう思っているのだろう。

そんな瑶子の心の中が伝わったかのように、園田先生は思い直したようにまたそれを自分の前に引き寄せて、めくりながら、

「あと、何か今困っていることとか、相談したいことはある？」

と聞いた。

「べつにないです」

と瑶子は答えた。

瑤子は体操着のまま駐輪場へ急いだ。

制服はまるめてリュックの中に突っ込んである。家に帰ってからドライヤーとアイロンでどうにかするしかないだろう。母親への言い訳を考えておかなければならない。

もう日が落ちかけていて、風がつめたい。コートを教室に忘れてきたことに気がついたが、取りに戻る気にならなかった。とにかく早く学校を出たかった。自転車通学でよかったと心の底から思う。自転車に乗ってしまえば、歩くよりずっと早く学校から離れられるから。ルエカたちに追いつかれることはないから。

でも、ルエカたちは駐輪場の前にいた。五人。ルエカと、グループの主要メンバーたち。ルエカがひらひらと手を振ると、あとの四人もそれに倣う。背中を向けて逃げ出せば、事態は悪くなるだけだということがもうわかっている。

「面談どうだった？」

ルエカが聞く。ふつうだった、と瑤子は答えた。

「ふつうってどういうふつう？　わざわざ体操着に着替えて、ふつうにチクった？」

「チクってないよ」

嘘ばっか、という声がすかさず飛んできたが、「まあいいよ」とルエカは言った。

「チクったかどうかはどうせすぐわかるから。チクってたら、そのときはそのときだよ。今は、べつの話があるの。瑤子だけに話したかったから、待ってたの。いい話だよ、瑤子にとっては」

ルエカの声はやさしげだった。あとの四人はニヤニヤしていた。この頃、ときどきそうなるように、瑶子は頭が痛くなってきた。毒がある水を含んだ綿みたいなものが頭の中で膨らんでいく。悪い予感しかなかった。

瑶子は遠回りして帰った。

ルエカたちと同じ方向へ行きたくなかったからだ。呼び止められはしなかった。話はもう終わった、ということだろう。瑶子は返事をしなかったが、返事は必要なかったのだろう。目的は返事ではなく私を悩ませることだろう。「ユムヨーコ」を、どうしたら効果的に痛めつけられるか。ルエカたちが考えているのはきっとそれだけなのだ。学校にいる間だけじゃなくて、一日中苦しめたいのだ。

高等部を通り抜け、裏門を出る。古い大きな屋敷の石塀に沿った坂道を下っていく。荒い石畳の上を、スピードを緩めずガタガタ揺れながら下っていく。転ぶことがこわくない。転べばいい、と思っている。

あたしたち、話し合ったんだ。それで、結論が出たの。瑶子のことは許せるの。どうしても許せないのは有夢なの。瑶子を見てると、自分が悪いと思ってるのがわかる。でしょ？　思ってるでしょ？　でも有夢は全然反省してない。目つきがすっごく反抗的だし、ときどき薄笑い浮かべてたりするし。気分悪いったらない。きっとまだあの子だけ、海と連絡取り合ってるよ。そう思うでしょ？

石畳の上にルエカの声が張りついている。それを轢き潰すように瑶子は自転車のペダルを踏む。

……だから瑶子さえよければ、今からあたしたちの仲間。そのかわりもちろん、有夢とは縁を切ってね。一緒に来たり帰ったりしないこと。話しかけたりしないこと。話しかけられても無視すること。ちゃんとやってくれれば、あたしたちは瑶子を受け入れるから。

坂道を下りきっても、まだ体が下降しているような感じがした。自分が選ばれたのは何故だろう、と瑶子は考える。有夢も自分も、反抗的な目つきなんかしていないし、薄笑いを浮かべたこともない。だとしたらどうして有夢じゃなくて私なのか。きっとどちらでもよかったのだろう。駅前のマックで、きゃあきゃあ笑いながらくじ引きみたいなことをしたのかもしれない。もしも私が言いなりになって、ルエカたちの仲間になって、有夢が耐えられなくなって海みたいに学校に来なくなったら、そうしたら次はまた私を標的にするのだろう。

目の前の街灯がぱっと点った。古いマンションが浮かび上がる。はじめて通る道ではないが、はじめて見る景色みたいに感じる。そこだけ塗り直されたばかりなのか、マンション側面の非常階段だけがつやつやつやした青だ。

瑶子は自転車を止めて、スマートフォンの電源を入れた。ラインが二件、着信していた。

一件は泉からだった。メッセージはなくてスタンプだけ。スタンプはマンガの猫で、吹き出しに「Hi」とある。瑶子が返信しなくなってから、泉は「どうした?」「元気?」「おーい」「カレシできたか?」などのメッセージを送ってきていたが、ここ数日は一日一回程度、あまりはっきりした意味のないスタンプが届くようになっている。

うっかり泉との通信の画面を開いてしまったことに瑶子は気づいた。これまでは着信の知らせしか見ていなかったから、泉のほうの画面には「既読」マークはあらわれなかったはずだ。瑤子が自分の意思で泉に返信しないのではなく、機種とか通信会社とかの問題で、返信がないのだと泉は思ってくれるかもしれない、という期待があった。でも、もう、瑤子が泉からの着信を見ていることは彼にわかってしまった。きらわれたのだと、泉は思うかもしれない。それとも彼が書いてきたように、カレシができて、自分のことなんかもうじゃまになったのだ、と思うかもしれない。そんなことないのに。きらいになんかなっていないし、泉のことが今ほど必要に思えるときはないのに。

もう一件は有夢からだった。「どうだった?」とある。個人面談の結果じゃなくて、その前後にいやな目に遭っていないかということだろう。「大丈夫」と瑤子はキーを押した。それを送信する前にふと手を止めて、スマートフォンを体操着のポケットにしまって、自転車を押してマンションへ近づいていった。

隣の駐車場のほうから入っていったのは、そちらのほうが自転車を停めておいても不審に思われないだろうと考えたからだった。マンションの間は網のフェンスで仕切られていたが、戸があって、それは押したら簡単に開いた。すぐ前が青い非常階段だった。

瑤子はそれを見上げた。マンションは十階建てだった。そろそろと階段を登ってみる。すぐにも誰かに見つかって咎められるだろうと思いながら、二階まで上がる。呼び止める声はない。三階へ向かう。ひどくゆっくり登っているのに、気がつくと上階に着いている。四階へ。風が強くなってきた。一瞬、体が大きく揺れたような気がして、瑤子は手摺りにしがみつく。鉄の冷たさが、手や腕から体の中に潜り込んでくる。

瑶子は階段を降りた。降りたところでしゃがみ込み、有夢にラインを送った。さっきの「大丈夫」を消して、かわりに「出てこれない？　待ってる」と打ち込み、場所を説明した。

すぐに了解のスタンプひとつを送り返してきた有夢は、約二十分後にあらわれた。キョロキョロしている有夢を、瑶子は通りまで迎えに行った。自転車を飛ばしてきたようで、息を切らせ、顔を赤くしている。

「どうしたの？　何？」

瑶子に会っても有夢はまだキョロキョロしている。外敵にいつも怯えている小動物みたいに。

「またなんかあったの？」

「ううん」

「嘘ばっか」

「嘘じゃないよ。大丈夫」

駐輪場でのことを有夢に話すつもりはなかった。ルエカたちの言いなりにはならないと瑶子は最初からはっきりと決めていた。

瑶子はマンションを指差した。有夢ははっとし、すぐにわかったようだった。登ってみる？　登れるの？　そんな言葉を交わして、再度非常階段へ近づく。瑶子はさっきよりもずっとたしかな足取りで登りはじめた。有夢がこわごわついてくる。

「瑶子、待ってよ、もういいよ、こわい」

有夢の声で足を止める。五階だった。狭い踊り場に、ふたりで体を寄せ合って立った。手摺りに掴まり、どちらからともなく下を見て、それから上を見る。

「ここなら絶対大丈夫だよ」

瑤子は言った。そうだねと、有夢は頷く。

「いちばん上まで行けるかな」

「行けるよ、今だって行ける」

「いちばん上まで行ったら、絶対行けるね、ペルー」

「絶対行けるよ」

以前にペルーへの入口と決めた陸橋は、絶対ではない、と話し合っていたのだった。柵が高いし、乗り越えて飛んだとしても、橋自体にはさほど高さがない。ひどい怪我はするだろうが、確実にペルーへ行けるとは思えない。

ペルーへは、絶対に行かなければならない。これまでは、たぶんここまで強くは思っていなかった。だから陸橋でも大丈夫だと思っていたのだ。でも今は違う。私たちは、ペルーに絶対に行きたいのだと瑤子は思う。だからそのときが来たら、ここを登っていくのだ。


真っ赤なリースは小さな唐辛子だけでできている。

青山にあるセレクトショップで買ったのだそうだ。「雨風にさらしたくないから」という理由で、リビングの壁に掛けてある。テレビの横には樹脂製の小さなクリスマスツリーももう飾ってある。まだ十二月になったばかりだけれど、「ずっとクリスマス気分でいられるからいいでしょ？」と母親は言った。クリスマス気分は無関係で、たぶん何か——仕事関係か、父親との間で——あったんだろうなと瑤子は思う。母親がむやみにはしゃぐときは、そうしなければならない理由があるときだ。

「あら。どうして体操着なの」

キッチンで何か作業しながら喋っていた母親は、ようやく瑤子の姿に気づく。掃除中に転んじゃって、と瑤子は答えた。

「いやーね。泥なら、濡らさないほうがいいわよ。見せてごらん」

「大丈夫、自分でやるから」

瑤子は洗面所へ直行した。浴室へ入ってリュックから制服を出し、スカートを浴槽の縁にかける。まるめていたから湿り気が全体に広がってしまった。しわくちゃでプリーツもよれている。タオルに水をつけて、泥水で汚れているところを叩く。タオルに泥は思うように移ってこない。時間が経ったからだろうか。

ガチャリと洗面所のドアが開いて、父親が入ってきた。瑤子がいるとは思っていなかったらしいが、浴室のドアが開け放しだったから、していることを見られてしまった。

「なんだ、洗濯か？」

驚きを隠す口調で父親は言う。うん、洗濯だよと瑤子は笑って返した。

「制服っていうのも不便なもんだよな。たまにはサンタクロースの格好とかで学校行ってみたら？」

「はいはい」

父親は声を出して笑って、脱衣カゴに置いてあったカーディガンを取って出ていった。

瑶子はあらためてスカートと向かい合った。発作的にスカートを浴槽に投げ込んで、上からシャワーの水を注いだ。スカートが水浸しになるのを、しばらくぼんやり見下ろしていた。

ラインの着信音がした。ポケットからスマートフォンを取り出すと、泉からだった。スタンプではなくメッセージだ。もう「既読」にしないようにしなければと思いながら、何と言ってきたのだろうとそれを読む。「リンド・リンディ」の文字を見つけて、思わず画面を開いてしまう。


ボールは瑶子に当たらない。

頭の上を飛び越していったり、離れたところをバウンドしたりする。

たまにすぐ横に飛んでくることもある。でもそういうボールは、ルエカや、ルエカと同じくらい運動神経がいい子たちが、ものすごい勢いで投げつけてくるので、こわくて思わずよけてしまう。早くボールに当てられて、終わりにしたいのに。

昼休みのドッヂボール。今朝、瑶子は有夢と一緒に登校した。もちろん、ルエカたちに知られたけれど、何も言われなかった。昼休みまでは何も起こらなかった。ドッヂボールに誘われて、すぐに内野に瑶子ひとりきりという状態になった。そうなるようにルエカたちが仕組んだのだ。

ボールは瑶子に極力当たらないように投げられる。瑶子を挟んでキャッチボールをしているかのように。最初は当たろうとして腕を伸ばしたりしていたけれど、その格好がおかしいと言って笑われるので、ほとんど動かずに突っ立っている。校庭に出ているほかのクラスの子たちからはどう見えているだろう。ルエカたちは「行くよー」「今度こそ当てるよー」と声を上げながら笑っているし、ボールをぶつけられているわけじゃないから、何が起きているのかはわからないかもしれない。

実際、何も起きていないのかもしれない。瑤子はだんだんそんなふうに感じはじめる。周囲のルエカたちが消えて、校庭の土に棒で引かれたドッヂボールの枠の中に、ひとりで突っ立っているみたいに。外野の中で見えるのは有夢だけだ。口を引き結んでこちらを見ている有夢。有夢にボールは渡らない。外野で、有夢もひとり突っ立っている。体側で両手を握りしめているが、そのことにきっと本人は気づいていない。もし気づいていたら、慌てて掌を開くだろう。ゲンコツを作っているのはどういうつもりなんだと、言いがかりをつけられる可能性があるからだ。

ペルー。

瑤子は心の中で言う。有夢には聞こえているだろう。ペルー。有夢も私に向かって囁いているだろう。

こんなふうに晒し者になっていても、たぶんルエカたちが期待しているほどには私は辛くない、と瑤子は思う。なぜならもうすぐペルーへ行くから。その日が決まったから。

「リンド・リンディの未発表ライブがネットにアップされるの知ってる？　クリスマスイブの午後10時。見ない？　俺は見るよ」

昨日、泉から送信されたラインにはそうあった。今朝、有夢と瑤子は相談した。そうして決めた。絶対に見よう。その翌日に、ペルーへ行こう。

クリスマスイブの夜、有夢が瑤子の家に遊びに来た。

リースを見せたいし、めずらしく母親が作ると予告したオーブン料理を有夢も食べたがっている、と言ったら母親は喜んで有夢を招待してくれた。

ふたりは小一時間を瑤子の両親と過ごした。よく喋ったし、笑いもした。学校での出来事を何か話さなければならない雰囲気になったとき、瑤子はドッヂボールのことを話した。なぜか内野にひとりだけ最後まで残って、昼休みいっぱい逃げ切ったのだと。案外運動神経がいいんだよ、と笑った。実際にはあのときは、最後にルエカが思い切り投げつけてきたボールに当たった。当てられた肘はその日ずっと痛かった。

そういえば瑤子が転んだときには有夢ちゃんもいたの？　と母親が聞いた——母親が覚えていたことに瑤子はちょっとびっくりしたけれど。はい、いました、と有夢は答えた。ふざけて走り回って、滑ったんです。案外運動神経悪いです。食卓は笑いに包まれた。今までより楽に笑えるような気がした。有夢と一緒だからかもしれないと瑤子は思った。明日、ペルーへ行けるからかもしれない。ただ、母親が挑戦した凝った料理はどれを食べても味がしなかった。母親が参考にした雑誌のレシピページを食べているみたいに。

それからふたりで瑤子の部屋へ行った。今日、有夢は泊まっていくことになっている。部屋に入ってしまえば、母親ももちろん父親も、朝まで覗いたりはしない。覗かれて困るようなことをするつもりはないけれど、覗かれたくない。今夜はリンド・リンディとふたりだけの神聖な夜だから。

十時少し前に、ふたりはコートを着込んでベランダに出た。リンディに会うのは星の下のほうがふさわしい気がしたのだ。ベランダの向こうは土手と川で、川沿いの住宅の窓から洩れる灯りが、川面のところどころを光らせている。

リンディのライブは、亡くなるふた月ほど前、病院内の食堂で演奏したのを録画したものらしい。十時を少し過ぎてその動画ははじまった。ふたり体をぴったりくっつけて、瑤子のスマートフォンの画面を見た。

まずドアが映った。ドアにはクリスマスリースがかかっている。誰かの手がそのドアを開ける。すると広い場所になって、椅子に座っているひとたち、その後ろに立っているひとたちの背中が見える。座っているのはほとんどが入院患者に見えるひとたちで、立っているのは普通の服を着たひとたち、それに看護師や医者の姿もある。天井の高い部屋で、窓が向こうの壁一面にとってあり、その向こうにびっくりするくらいきれいな夜景が見える。病院の高い階にある部屋なのだろう。

ピアノの音が聞こえてくる。聞いたことがない曲だ。背中から、ひとりひとりの横顔をカメラは映して、ゆっくり部屋の中央へ入っていく。そこにリンディがいる。ピアノを弾いている。辛子色の厚ぼったいセーターを着ているが、それでもひどく痩せていることがわかる。

亡くなる二ヶ月前のリンディ。自分の命が長くないことを、リンディは知っている。でも今は歌っている。長い指が鍵盤の上を滑らかに動く。歌いながらときどき微笑む。幸せそうに。リンディの歌を聴いているひとたちの中にも、たぶん、重い病気や、治らない病気のひとたちはいるのだろう。車椅子に乗っているひと、点滴につながれているひともいる。でもみんな、今はリンディの歌を聴いている。隣のひとと微笑みあったり、抱き合ったりしているひとたちもいる。

リンディは歌いはじめる。ペルーだ。有夢が呟いた。ペルーだね。瑶子も言う。ふたりが知っているその曲より、ずっとスローテンポの、ずっと静かなペルーだった。

リアルタイムで視聴しているひとたちのコメントが、画面の上を流れていく。リンディ、最高。涙が止まりません。リンディは生きてる。うん、生きてるね。沁みる。沁みすぎる。リンディは永遠！　永遠！

ペルー。ペ、ルゥーー。

有夢、瑶子、見てる？

ほとんど同時に、ふたりは気づいた――自分たちの名前がコメントに流れてきたことに。

有夢、瑶子、見てる？　私は見てるよ。

「海！」

夢中になってふたりは叫んだ。その声が海に届くとでもいうように。

11　瑤子と有夢

瑤子も有夢も、制服を着て朝食の席についた。今日は終業式だからだ。着替えはそれぞれのリュックに詰めてある。昨日の夜、急遽決めたことだから、有夢には瑤子の服を貸した。痩せっぽちの瑤子の服の中から、太めの有夢でも着られる服を探すのが大変だった。それぞれ椅子の傍に置いたリュックは、それなりに膨らんでいるけれど、瑤子の母親も父親もとくに気にしてはいないようだ。もし何か聞かれたら、ふたり顔を見合わせて「ちょっとね」と言って笑おう、と決めてある。学校で何か楽しいことをするのだろうと両親は思うだろう。それが親には言えないようなことであっても、こんなふうにクスクス笑っているのだから大丈夫だろうと。

朝ごはんも母親がはりきって作ったようだった。今日はクリスマスだし、昨日から泊りがけで有夢もいるから。プチトマト入りのスクランブルドエッグ、ほうれん草にベーコンとキノコのソテーを合わせたサラダ、バゲット。昨日の残りのケーキも、瑤子と有夢の前に一切れずつ置いてある。

「昨日は何時に寝たの？」

サーバーからコーヒーを注ぎ分けながら母親が聞いた。

「二時頃？」

「三時？」

と瑤子と有夢はほとんど同時に答えた。じゃあ四時ってところだな、と父親が言って、両親は笑う。実際には、ほとんど一睡もしていなかった。瑤子のベッドに並んで潜り込んだが、朝までずっと起きていた。

「なんか目がむくんでない？」

母親がまた聞いた。

「ゲームとかしてたから」

瑤子が答え、

「感情移入しすぎて泣いちゃって」

有夢も言う。これも相談して決めておいた答えだった。実際のところ、泣きすぎたせいで目が腫れてひどい有様になってしまったのだ。朝方、そっとキッチンへ行って氷で冷やしたから、いくらかはマシになっている。父親と母親は一瞬、顔を見合わせる。そのゲームについてもっと聞いたほうがいいかどうか量り合って、そして聞かないことにしたのがわかる。

「これ、すっごくおいしいですね」

有夢が話題を変えた。ありがとう、と母親はにっこりする。

「こういうのうちでも作ってくれればいいのにな」

「あら。有夢ちゃんのお母さんはお料理上手でしょう？　いつか持ち寄りをやったとき、すごく凝ったもの作ってきてくださったじゃない？」

「凝ったものばっかで疲れるんです」

再びみんなで、さっきよりは幾分曖昧に笑う。母親はちょっと複雑な気持ちなんだろうと瑶子は思う。母親にしてみれば、昨日も今朝も、すごく凝った料理を出したつもりだったろうから。

「昨日のお肉もおいしかったよね」とか、あたしも言ったほうがいいだろうか。

その答えを探すように、瑶子は部屋の中を眺める。キョロキョロするとへんに思われるから、今見える範囲だけを、じっと見る。見慣れた家の見慣れた部屋。食器棚のいちばん下のガラスが引越しのときに割れたまま、新しいガラスを入れていないから、もう長い間そこが素通しになっている。めったに使われない大きな鉢が、薄く埃をかぶっている。ああいうガラスってどこに行けば手に入るのかしら。俺が探してきてやるよ。あなたって本当に言うばっかりなんだから。一年に二度くらい、両親はそんなやりとりをする。

食器棚の横の壁には、「中性脂肪を下げる食事」のリーフレットが吊るしてある。何年か前に父親が病院からもらってきたもの。母親がそれを参考にして食事を作ったことは何回かあったはずだ。でも、今はもうただリーフレットが吊るされているだけになっていて、父親の中性脂肪の数値がどうなっているのか、たぶん本人も含めて誰も知らない。電話の子機がその下にあるので、リーフレットの余白にごちゃごちゃとメモが書き込まれている。

星のマークは自分が書いたものだと瑶子は気づく。あの星はいつもここから見えていたのになんだかちゃんと考えたことがなかった。思い出すとメモしたときのことも当たり前みたいに出てくる。六年生のときだ。海からの電話だった。明日うちのお母さんのほうから迎えに行くって、瑤子のお母さんに言っておいて、という伝言。どんな用事があって母親たちが一緒に出かけたのかは忘れてしまった。でも、うん、わかったと自分が海に答えて、そのあとしばらくお喋りをしながら、あの星を描いたことを覚えている。笑いながら。うんうん、と頷きながら。リーフレットの紙の上をボールペンが滑るときの感触、星の角を意味もなく丁寧に塗りつぶしたこと。

この風景の中に、明日あたしはもういない。

この風景の中から、あたしだけがいなくなる。

あまりぴんとこなかった。たいしたことではないような気もした。母親は泣くだろうし、父親はうろたえるだろう。でも、すぐに元に戻るんじゃないか。最初からいなかったみたいに。知らないふりや見えないふりをしなくてもよくなって、せいせいするかもしれない。瑤子がいないとこんなに自由なんだ、と思うかもしれない。

両親も、あたしも、自由になる。あたしたちがペルーへ行けば。

「じゃあ、行ってくるね」

リュックを足の陰に隠すようにして、瑤子は立ち上がり、「ごちそうさまでした」と有夢も続いた。はい、いってらっしゃい。有夢ちゃん、またね。両親がそれぞれに返事をする。

「あ、瑤子」

靴を履いている背中に母親の声がかかってどきりとする。

「お昼ごはんには帰ってくるのよね？」

「うん」

コートを羽織って家の外に出ると、有夢が瑤子の脇を肘で突いた。

「すごいね、母親の勘ってやつ？」

「どうかな」

おどけた有夢の顔を瑤子はじっと見てしまう。

「有夢はいいの？　行く前に、もう一度家に帰らなくていいの？　もう会えないんだよ」

「そういうのは昨日やってきたから、もういいよ」

有夢はそう言ったが、結局「やっぱちょっと待ってて」と言って自分の家へ向かって駆けていった。そのはずみに倒れそうになった有夢の自転車を瑤子は慌てて摑んだ。有夢は戻ってこないかもしれない、という考えが浮かぶ。家を通り抜けて窓からこっそり外に出て、そのままどこかに逃げ出すかもしれない。あるいは有夢の家族に全部話してしまって、あのドアから出てくるのは有夢ではなくて、怖い顔をした有夢のお父さんとかお母さんかもしれない。

そうなればいいな、という考えが、頭の片隅にぽつりとあった。でもすぐに、学校のこと、ルエカたちのこと、自分たちが海にしたことが黒い波みたいに盛り上がって、それを覆い隠してしまう。

有夢は戻ってきた。家の中に入ってから、五分と経っていなかった。

「忘れものしたーって言って二階に上がって、じゃあねーって降りて出てきた、それだけ」

わざわざ戻ったの意味なかった。そう言って有夢はまたおどけた顔をした。

今日、学校へは行かない。終業式には出ない。

今日はペルーへ行く。

でもその前に、海に会いに行く。そのことを、昨日決めた。リンド・リンディのライブの動画に、有夢と瑤子に呼びかける海からのメッセージがあらわれたときに。

〝有夢、瑤子、見てる？　私は見てるよ。〟

あんまりびっくりしたから、それにあんまり嬉しかったから、有夢も瑤子も、メッセージを返すということをとっさに思いつかなかった。本当のことだとは思えなかったのだ——ふたり揃って夢を見たような感じだった。それからようやく、今見たことを互いに口に出してたしかめ合った。海だったよね。うん、ぜったい、海。それから泣いた。ベランダで泣いているのを近所の誰かに見られたら困るから、瑤子の部屋に戻って布団に顔を埋めて、声を殺して泣いた。それから、ペルーへ行く前に海にあやまろうと決めた。あやまるために、会いに行くのだ。

今、ふたりはH町へ通じる川沿いの道に出たところだった。いつもは右岸だが今日は左岸を走っている。こちらはサイクリングロードが整備されていないのだが、二キロほどの地点に公園があり、公園内にはトイレがある。そこで着替えるつもりだった。クロスバイクはスカートでは乗りにくいし、この制服で海の前には行きたくなかったから。

公園には誰もいなくて、見咎められずに着替えることができた。瑤子はデニムにセーター、有夢はタイツの上にジャージの半パン、上はパーカ。その上にコートを羽織る。通学用のコートだからちょっとちぐはぐな格好になる。そのことを笑い合う。

「なんか、順調だね」

と有夢は言った。正直言えば、着替えで躓くだろうと思っていた。朝の公園には「ママ友」の集団がいるだろう――そしてそのリーダーはきっとルエカみたいな女性だろう――という予想があったし、そうでなくても「こんな時間に中学生が何をやってるんだ」とふたりを問いただす誰かがきっといるだろう、と思っていたのだ。

「うん、順調」

瑶子は答えた。

「きっと神様がうまくやってくれてるんだよ」

「そうだね」

有夢は急いで頷く。

「その神様って、きっとリンディだね」

「うん、そう。そうだよ、リンディだよ」

リンディの名前を口に出すと、有夢は勇気が出た。そうだ、ペルーにはリンディがいる。ペルーに行けばリンディに会える。あたしたちの神様。

「ねえ、これ、どうする?」

瑶子が言った。制服のことだ。トイレで脱いで、まるめて、それぞれリュックの中に突っ込んだ。そのリュックを今、ふたりは背負わずに体の前で持っている。

「持っていく必要、ないよね？」

「うん。ないね」

有夢は頷いた。今日、ペルーへ行くんだから。この制服を着る日はもう二度と来ない。そのことに今あらためて気がついた。そうだ、ペルーへ行けば、この制服を二度と着なくてすむ。

それぞれ、リュックの中から制服を引っ張り出す。公園内にゴミ箱は見当たらなかったから、砂場に埋めることにした。小さい子供みたいに砂の中にしゃがみ込み、飽きるまで手で掘った。制服を置く。紺のジャケット、チェックのプリーツスカート、丸襟のブラウス、襟元のリボン。有夢が人型に並べたら、瑶子も真似した。砂の上にふたりの制服が、それを着ているときと同じかたちで置かれた。中身の有夢と瑶子がそれを見下ろしている。

それから砂をかけたけれど、掘りかたが浅かったから、全然埋まらなかった。いいよ、これで。有夢はそう言って、スカートの端を踏みつけた。恐る恐るそうしたのだが、踏んだ感触に勢いづけられて、制服の上をずかずか歩いた。瑶子も続いた。ふたりで制服を踏み、その上で飛び跳ね、着地して踏みにじった。

「ぺ・るーー。ぺるぅーーーッ」

瑶子が歌った。有夢も声を合わせる。

「ぺるぅーーーッ」

もう着ない。もう着ない。踏みながら、有夢は思う。力いっぱい踏んでも砂は沈むばかりで、まだ力が足りない気がする。制服と、そちら側のすべてのものを、ふたりは踏む。

砂にまみれてくしゃくしゃになった制服をそこに残して、ふたりは自転車に跨った。

さっき、有夢はちょっとだけ瑶子に嘘を吐いた。

家に戻って、「忘れものしたー」と二階に上がったのは本当だが、そのとき、ぐるりと自分の部屋を見渡した。壁に貼ってあるリンディの写真とか、三歳のときから持っている猫のぬいぐるみとか、買ってみたけれど結局なんだかこわくて開きもせずに本棚に突っ込んである『人間失格』の文庫本とか、そんなものを眺めてから、下に降りた。

それから「じゃあねー」と言ったのも本当だが、そのあとキッチンを覗いた。母親はそこにいて、ひょっこりあらわれた有夢にちょっと驚いた顔をしてから、「これ食べてみて」と、そのとき混ぜていたボウルの中身を箸で摘んで有夢の口に入れた。カボチャとエビのサラダみたいなものだった。「おいしい?」と母親が聞いたから、「おいしい」と有夢は答えて、実際にはちょっとスパイスを入れすぎで石鹸みたいな味がする、と思ったのだがそれは言わずに、「じゃあねー」とだけもう一度言って、家を出たのだった。

そのことを思い出しながら、有夢は坂を登る。坂の先にはダムがあり、ダムから降りる道が深くカーブしている。有夢はカーブが苦手だ。そもそも運動神経が悪いのだ。自転車もいまだにおっかなびっくり乗っている。でも今日はブレーキをかけない、と決める。スピードを保ったままカーブを曲がる。ハンドルを握る手に力が入り、一瞬、横ざまに倒れそうな気がしたけれど、無事に抜けた。簡単だった、と思う。どうして今まで、カーブのたびにブレーキをかけていたのだろう。

H町へ向かって走るのは三度めだ、と有夢は考える。

最初は五月の連休のとき。海の転校先を探しに行った。二度めは秋。海が学校へ行かなくなったという話を聞いて、たしかめに行った。一度めも二度めも海に会った。

一度め、海はあたしたちがH町まで来た本当の目的には気づいていなくて、ニコニコ笑っていた。二度めはもうあたしたちがしていることを知っていて、海はあたしたちから目をそらせた。

三度めの今、あたしたちは海にあやまるために走っている。海に会えるだろうか。H町に着くのは十時頃。海は学校へ行っていないのだから、まず家にいるだろう。海の母親の和子さんは仕事に行っているはずだから、家には海ひとりだろう。

そうだとして、会えるのだろうか。この前のように、海の家へ行く。この前、海は庭に出ていたけれど、こんな寒い日の朝にはきっと家の中にいるだろう。あたしたちは呼び鈴を押さなければならない。押せるのだろうか、海の家の呼び鈴を？　呼び鈴が鳴れば海はドアを開けるだろう、そしてあたしたちを見る、それから？　海は歓迎してくれるだろうか。リンディの動画に、あたしたちの名前を書き込んだ海。だからって、あたしたちを許してくれたなんて、思ってもいいのだろうか。〝有夢、瑶子、見てる？　私は見てるよ。〟海はあれをどんな気持ちで書き込んだのだろう。ドアはあたしたちの鼻先で閉じられるかもしれない。それにドアが開いたとしたって、あたしたちは海になんて言えばいいのだろう？

陸橋が見えてきた。瑶子の先を走っていた有夢は、ほとんど無意識にそちらへ曲がった。最初、ペルーへの入口にしようと考えていた陸橋だ。広く取られた歩道を走っていても、横をトラックが走ると自転車が揺れる。こわくはない。そのことを自分にたしかめる。トラックに煽られて転倒して、後続車に轢かれてぺちゃんこになるなら、簡単だ。簡単にペルーに行ける。そのほうがいいのかもしれない。海に会わずに、ペルーへ行ける。

有夢は気がつく。自分が、海に会いたくない、と思っていることに。だってあんなことをしてしまったのだ。裏切って、追い出して、追いかけていって、まだ友だちのふりをして、もう一度裏切って。最後に見た海の顔が有夢はどうしても忘れられない。怒った顔でも悲しそうな顔でもない、紙みたいな顔。目の前にいるあたしたちを、この世界から消し去った顔。あんな顔をしたひとをそれまで見たことがない。あんな顔を海にさせたのは、あたしたちなのだ。

陸橋を渡りきり、右岸のサイクリングロードに出た。有夢が自転車を止めるより先に、「ちょっと待って。待ってってば」という瑤子の声がした。

土手に腰を下ろしたときには気持ちがよかった風が、次第につめたく感じられてくる。

土手の下ではサッカーをやっている。てんでに好き勝手な格好をした、中年の男のひとたちだ。試合なのか練習なのか、競い合うようにやたらと転び、そのたびに全体の動きが止まって、大きな笑い声や囃し声が上がる。

「ほらほらぁ。お嬢さんたちに呆れられてるだろう」

ひとりだけちゃんとしたユニフォームに見えるものを着ているひとが、そんな声を上げると、おじさんたちがいっせいにふたりを見上げた。笑って、何人かが手を振り、ふたりが何の反応もしないことがわかると、あっさりサッカーに戻っていく。

「ばかみたいに楽しそうだね」

有夢が言い、

「うん。ばかみたい」

と瑶子も言った。

手を後ろについて体重を預けると、掌の下で枯れた草がちくちくする。瑶子は足を投げ出した。どうして今ここで座っているのか、なぜ呼び止めたのか、有夢は瑶子に聞かない。

「ね、リンディのインスタ見ようよ」

瑶子は言った。

「またぁ？」

と有夢は顔をしかめてみせたが、同時に手はスマートフォンを取り出していた。ふたりで見る。もちろん瑶子のスマートフォンにもインスタグラムのアプリは入っているけれど、有夢のそれをふたりで覗き込む。

もう何度も見ているから、どの写真も細かいところまで覚えている。それでも見飽きるということがない。写真は更新されないけれど、見るたびにコメントが増えている。世界のいろんな言葉でのコメント。日本語もある。どんな経緯でここに辿り着いたのか、リンディが誰だか知らないひとや、死んだことを知らないひともいて、「フォローさせていただきます」「新作を楽しみにしています」なんてコメントもある。

「ね、あたしのも見てくれる」

有夢が言う。

「インスタ？　やめときなって言ったのに」

「インスタじゃないよ」

スマートフォンのカメラロールを、有夢は見せてくれる。この一週間くらいの間に撮りためた写真らしい。インスタグラムにも、もちろんツイッターにもアップされずに、有夢が撮って、有夢だけが見ていた写真。

リンディの真似をしていることはあきらかだけれど、写っているのはもちろん、有夢の日々だ。食べかけのハンバーグ（上にのっている目玉焼きだけがまだ完全なかたちをしている）、布団の上にのせた有夢の左手（人差し指の爪だけにピンクのマニキュアが塗られている）、青い靴下が脱げかけた足（きっと弟の足だ）。きゃはは、と有夢が笑う。瑤子の後ろ姿が出てきたから。自転車を押して歩いている後ろ姿。川縁だ。

「いつの間にこんなの撮ってたの？」

「つねにシャッターチャンスをねらってるんだよ」

「これ、いつ？　すごい夕焼け」

「あんまりきれいだったから、自転車を降りたんだよ、ふたりで」

「そうか。あのときか」

瑤子は思い出した。それからもう一度写真の中の自分を見た。赤く染まった空をぼうっと見上げていると、その空が自分の中に流れ込んでくるみたいな感じがしたのだった。本当にそうなればいいと思って、口を大きく開けたのだった。ほんの一瞬のことだったけれど、体の中があたたかくなったような気がしたのだった。

瑤子はほかの写真も、もう一度眺めた。夕焼け（瑤子をこっそり撮ったのと同じときの空だろう）、ガラスの皿に入った白いプリンみたいなもの（オレンジ色のソースがかかっている）、浴室のタイルの上に置かれたスニーカー（右の靴の中に小さなブリキの船が入っている。かなりわざとらしい）。

手や足のパーツのほかは、有夢自身が写っているものはない。でも、どの写真にも有夢がいるのを感じる。有夢はここにいたのだ、と瑤子は考える。ここにも、ここにも有夢はいたのだ。あたしもいる。夕焼けを見ている。それに、有夢が白いプリンを食べているときも、浴室でスニーカーを洗っているときも、あたしはいた。どこで何をしていたのだろう？　あたしは有夢みたいに写真は撮らなかったけれど、有夢のプリンやスニーカーと同じような瞬間があたしにもあった。あたしもいたのだ。

それに海も、いただろう。プリンやスニーカーの瞬間に、海はどこでなにをしていたのだろう？　海にもあったはずだ、プリンやスニーカーと同じ瞬間が。あたしたちは無数の瞬間でできているのだと瑤子は思う。ずっといやな目や悲しい目にばかり遭ってきたと思っていたけれど、それだけじゃなくて、美しい瞬間や楽しい瞬間ややさしい瞬間もあった。それらはすべてあたしたちの中にある。

あたしたちは、これらのものと一緒に、ペルーへ行く。

そうだろうか？　瑤子は思う。本当にそうだろうか？　そう思おうとしているだけじゃないのだろうか？　あたしたちがペルーに行ったら、これらのものも、あたしたちと一緒に消えてしまう。それが本当のことなんじゃないだろうか？　あたしたちは消そうとしている。プリンやスニーカーの瞬間を。あたしたちは海を裏切ったのと同じように、プリンやスニーカーの瞬間を裏切ろうとしているんじゃないだろうか？


ふたりは再び走りはじめた。

瑤子には、それが正しいことなのか、自分がどこに向かおうとしているのかだんだんわからなくなってきた。

でも、走っている。H町に向かって。有夢も走っているから。有夢のことまで裏切りたくないから。

今は瑤子が先に走っている。有夢が追いついてきて横に並んだ。今日は平日だから、ロードレーサーの数が少ない。歩いているひともあまりいなくて、ペダルを漕げば自転車は事もなく前に進んでいく。

「あのさ」

と有夢が言う。

「死ぬってどんな感じかな？」

「痛くないんでしょ？」

瑤子は答える。以前に、有夢がそう言っていたのだ。死ぬ瞬間に、なんとかという物質が脳から発生して、感覚を麻痺させるのだと。

「でもそれ、ネットに書いてあっただけだし。死んだことがあるひとなんていないんだから、本当はどうだかわかんないじゃん」

「痛いとしても一瞬だよ」

だって一瞬後には死んでるんだから、と瑤子は言う。

「そうかな？　死んだあとも痛いなんてこと、ないかな？」

「そんなんだったら死ぬ意味ないじゃん」

少し苛立ちながら瑤子は言う。有夢は少し下がって、また追いついてくる。

「海に会いたい？」

「会いたいよ」

瑤子は答える。本当のことだった。正しいかどうかはわからないけれど、すくなくとも本当のことだと思った。

「海に会ったら、なんて言う？　なんて言えばいいの？」

有夢がまた聞く。わかんない、と瑤子は答える。有夢はどうして、聞いてほしくないことばかり聞くのだろう。

「でも、会いたかったって、言うよ」

「そっか」

有夢は小さな声で呟くと、また下がってしまう。瑤子の自転車の前輪が小石を跳ね飛ばす。次の陸橋が見えてきた。アーチ型の銀色の欄干に陽があたって光っている。陸橋のところで道はカーブしていて、欄干とほとんど並行になっている。そこを走ってくる自転車が見える。瑤子の心臓が跳ね上がった。

あれは。瑤子は思う。でもまだちゃんとは思っていない。思っていることを自分で認めていない。あれは。もういちど瑤子は思う。今度はもう少ししっかりと。

有夢が横に並ぶ。有夢も気がついている。ふたりは声に出してたしかめ合うことはしなかった。声に出したら、幻になってしまうような気がしたのだ。ただ無意識に自転車のスピードを上げた。有夢も遅れずについてくる。近づいてくる自転車の速度も心なしか上がったように感じられる。

「海!」

「海ーっ!」

もう絶対に間違いないことがわかった瞬間に、ふたりは叫んだ。

「瑤子!　有夢!」

海が手を振る。笑っている。顔中を口みたいにした、懐かしい海の笑いかたで。

陸橋を越えたところで、三人は自転車を降りた。スタンドを立てるのも忘れて自転車を放り出し、体をぶつけ合うように抱き合った。ぎゃあーっという、赤ん坊みたいな泣き声を有夢が上げた。同じ声で瑤子も泣いていた。海も。声は口から溢れ出てまたどこからか体の中に戻ってきて、あたらしい、熱い血みたいに駆け巡った。

ひとしきり泣くと、もう声も出なくなって、瑤子と有夢はぽかんと海を見た。海も放心したように見返した。それから海はニコッと笑った。

「来るって思ったよ。だから迎えに来たの」

瑤子も有夢も、ただ頷いた。何を言えばいいのか、まだわからない。あたらしい涙が溢れてくる。

「来てくれてありがとう」

ぎゃあーっ。有夢がまた泣き声を上げた。瑤子もつられて大きな声で泣いてしまう。ありがとうだなんて、海はなぜ言えるのだろう。あんなにひどいことをしたあたしたちに。

「あたしね、ふたりに教えたいことがあったの」

海は言う。もう泣いていない。晴れやかな、得意げにも見える顔をしている。

「あたしね、ペルーに行くの」


海の母親の和子さんが、ひとりにふたつずつ使い捨てカイロを配った。

それをお腹と背中にくっつけて、瑤子と有夢と海は、縁側に座った。海の家の縁側だ。三人で一緒に帰ってきた。和子さんは家にいて、三人を見るなり手を叩いて、これからバーベキューパーティをしようと言った。それで今、庭にはバーベキューグリルが設置され、和子さんが火の調節をしている。

グリルの横には折りたたみ式のテーブルも出してあり、その上には肉と野菜を山盛りにした皿が置いてある。縁側にはサイダーやペットボトルのお茶、それに和子さん用のビールもある。さっき三人で、台所から運んできたのだ。

有夢と瑤子はあいかわらず何を言えばいいのかわからないままだった。「それ持ってっていいの？」とか「じゃあこれ運ぶね」とか「何このお肉の量」とか「わっ、タレが手についた」とかは、自然に口から出るようになったけれど。海はニコニコしながら、やっぱりあまり喋らなくて、ひとりでずっと喋り続けているのは和子さんだった。

「賭けに勝っちゃったわねえ」

肉を網の上に並べながら、和子さんは言う。

「海と一緒に家を出て、市場でこの肉買ってきたのよ。有夢ちゃんと瑤子ちゃんが今日、ぜったい来るはずだって海が言うから。賭けたのよあたしも、あなたたちが来るって。それで二キロ近くお肉買っちゃったんだから、来てもらわないと困っちゃったわね」

あははは、と和子さんが笑うと、あははと、海も声を出して笑った。有夢がごそごそして、背中のカイロをはがしている。瑤子もそうした。三人でくっついて座っていると寒さは感じない。バーベキューグリルの熱も届くから、暑いくらいだ。

海はペルーへ行く。本当のペルーだ。その話を瑤子と有夢はこの家に着く前に海から聞き、さっき和子さんからも聞いた。海が小さいときに和子さんと離婚した海の父親が、ペルーに住んでいるのだそうだ。和子さんは彼に海のことを相談した。そして母娘でしばらくの間、ペルーで暮らすことに決めた。住む家もある。海はペルーの学校へ通う。今はいろんな手続きや準備をしているところで、来年の春、ペルーへ行く。

「ほらもう焼けたわよ、どんどん食べて」

和子さんの声に、三人は立ち上がりグリルを囲む。肉はニンニクが利いた濃い匂いをたてながら、網の上でじゅうじゅう脂を滴らせている。

ほら、遠慮しないで。焦げちゃうから。和子さんに急かされて、瑤子と有夢は慌てて箸を伸ばす。紙皿にひとつ取ると、その上に和子さんがどんどんのせていく。肉はおいしかった。すっかり空腹になっていたことに気がついた。有夢も瑤子も海も、どんどん食べた。肉を積み上げた紙皿を持って縁側に戻り、サイダーを飲み、またグリルに戻る。瑤子は自分が笑っていることに気がついた。有夢も笑っている。海も。あたしたちは今どこにいるんだろう、と瑤子は思った。まるでここがペルーみたいだ。本当のペルー。

瑤子は、海にもっと何か言いたかった。あやまっていなかったし、さっき土手で座って有夢の写真を見ているときに考えたことや、ほかのいろんなことを話したかった。でも、言葉がうまく出てこなくて、ひたすら肉を食べていた。いつの間にか和子さんだけが縁側に座っていて、三人を見ていた。

「あなたたちもペルーに来る？」

和子さんが言った。有夢も瑤子も、はっとして動きを止める。

「なんとかなると思うのよ。みんなで一緒に暮らせばいいよ。中学を卒業するまでだっていいし、高校も向こうで通ったっていい。もちろんご両親に了解してもらうのは簡単じゃないだろうけど、あなたたちがそうしたいなら、あたしが説得してみせるわよ」

瑤子は有夢の顔を見た。ふたりでお互いの顔の中に答えを探す。あたしたちもペルーへ行く？マンションの屋上から飛ぶのではなく、飛行機に乗って？　海と一緒に？　そんなことができるのだろうか。

「そうだよ、そうしようよ。それがいいよ」

海が飛び跳ねながら叫んだ。瑤子と有夢はまだぼんやりしていた。とにかく今日は泊まっていきなさい、あたしがお家に電話するから、と和子さんが言っている。和子さんは少し酔ってもいるようだ。もうね、あたし黙ってるのやめるからね。あたしは闘うから。瑤子ちゃんと有夢ちゃんのお父さんとお母さんにも、一緒に闘うように言うから。和子さんはそんなことを、三人に聞かせるというよりは独り言のようにぶつぶつ言っている。

庭の折りたたみテーブルの上に、海が自分のスマートフォンを置いた。音楽が流れてくる。「ペルー」だ。

ペルー〜〜〜〜

ペ・ルゥ〜〜〜

歌いながら、海は踊りはじめる。海が踊れるなんて知らなかった。見よう見まねで、瑤子と有夢も踊る。さっき制服を踏んだときの感触がよみがえる。あの制服は、もう着ない。本当に海と一緒にペルーに行けるのかどうかまだわからないけれど、もう着ない。瑤子はさっきよりもずっと強い、はっきりした気持ちで、そう思う。

やっぱりここがペルーだったんだ。瑤子は思う。思っただけでなく、知らぬ間に口から出たのかもしれない。

「あたしたち、来たんだね」

有夢がそう言ったから。何の話？　というふうに覗き込む海に、ふたりは笑い返して、海に抱きつく。そして三人で歌う。

ペルー〜〜〜〜

ペ・ルゥ〜〜〜

初出　「小説新潮」二〇一六年八月号～二〇一八年四月号（隔月掲載）
連載タイトル「ペルー」を改題いたしました。

著者紹介
1961年東京都生まれ。成蹊大学文学部卒業。89年「わたしのヌレエフ」で第1回フェミナ賞を受賞し、デビュー。2004年『潤一』で第11回島清恋愛文学賞、08年『切羽へ』で第139回直木賞、11年『そこへ行くな』で中央公論文芸賞、16年『赤へ』で柴田錬三郎賞、18年『その話は今日はやめておきましょう』で織田作之助賞を受賞。著書に『ママがやった』『綴られる愛人』『あちらにいる鬼』など。

あたしたち、海《うみ》へ

発　行……2019年11月25日
2　刷……2020年10月20日

著　者……井上荒野《いのうえあれの》
発行者……佐藤隆信
発行所……株式会社新潮社
〒162-8711　東京都新宿区矢来町71
電　話　編集部03-3266-5411
　　　　読者係03-3266-5111
https://www.shinchosha.co.jp
印刷所……大日本印刷株式会社
製本所……大口製本印刷株式会社
乱丁・落丁本は、ご面倒ですが小社読者係宛お送り下さい。
送料小社負担にてお取替え致します。
価格はカバーに表示してあります。

ISBN978-4-10-473105-3 C0093